U0907878

作者简介

张一明，1960年出生，汉族，广西博白人，南宁市作家协会会员。1976年参加工作，当过售货员、打字员，做过总经理、董事长，还曾在基层党组织担任过20多年的党支部书记。20世纪70年代末开始对新闻报道工作感兴趣，并当起了业余通讯员，向当地媒体和区内外的电台、报刊投稿，10年间被省级媒体采用的新闻稿件共有30多篇。2022年创作并出版了散文集《六七十年代的乡里》。

序

现如今，仰望天空，“天宫”“墨子”和大飞机等科技新成果纷纷涌现，中国的科技水平不断提高，综合国力发生了翻天覆地的变化；俯瞰大地，脱贫、小康、高质量发展逐步推进，中国的城乡面貌焕然一新，人民的生活水平不断提高。40多年的改革开放让中国迈入了一个崭新的时代，从一个落后的农业大国转型为世界工业强国，让我体验到前所未有的获得感、幸福感和安全感。

忆往昔，我在南流江边的博白出生，那是20世纪60年代初，后来我在那里成长、读书、工作，直到90年代末才调离。在家乡生活的近40年光阴中，我记忆最深刻的是七八十年代，那正是改革开放前后，是一个重要的历史转折点，中国开始由计划经济转向市场经济。当时我在博白县城工作，做过国营商店的售货员、行政机关的打字员和业务员、业余新闻报道员，经营过仔猪买卖和货物运输，工作时奔忙于单位和企业之间，闲暇时常到街头巷尾漫步，对旧时的博白颇为熟悉。

观博白，彼时的社会和经济迎来了蓬勃生机。粮票、布票、肉票被取消，自行车、缝纫机、收音机等工业品和生活用品随行就市；国营商企“一统天下”的局面被打破，个体经营的“三厅一室”、白切摊、杨桃摊遍布大街小巷，私营的饮食、药材生意和客货运输也应运而生。博白的经济被激活，各行各业爆发出极大的积极性，小小的县城一下子就热闹了起来。与蓬勃生机一起到来的还有严峻的挑战——商业、粮食、供销、物资、外贸等部门的经营受到冲击，国营汽车站也受到影响，谋出路、求生存成为国营企业在改革开放后的主题。这些变化，我将以亲历者和见证者的身份，通过回忆的方式与大家分享。

这本书写的虽是博白小城的旧日风貌，但亦是那时中国的一段旧时光。希望通过这本小书，从博白这个小窗口展现七八十年代我国改革开放的大浪潮，唤起老一辈“过来人”的集体回忆，引起新一代“未历者”的历史共鸣，让大家更加珍视现在的幸福生活，活在当下，不忘初心。

目录

第一篇　江边小城旧地标

政商地标

2　“一城二府”　一城竟有“二府”？

6　县委大院　记忆中的神秘、厚重与美味

9　博白镇派出所　有公安，心就安

12　博白街　小时候最向往的地方

18　文化路　文化单位一条街

21　百货公司和百货大楼　不为盈利的“国家职能部门”

文化地标

24　饮马江村　南征军和我的故事

26　登高岭　从县城保卫战到我的入党之路

31　大平坡水楼　王力的人生转折点

33　博白镇中学　教育改革的“弄潮儿”

36　人民电影院　一城一影，一票难求

39　新华书店　旧时代的风向标

41　广播站　我的十年写稿出发地

44　文化馆　文艺大咖开班授徒

第二篇　老城生活回忆多

“三票一房”

48　粮票　买粮两件套，粮本和粮票

51　肉票　县城“第一票”，买肥不爱瘦

54　布票　买衣无路，买布有门

56　单位住房　找工作，送房子

“三农一器”

59　菜农　闹市里的农民

62　化肥和农药　如今限用，旧时限购

65　农机　雨足高田白，农机来帮忙

67　计量器具　计量生活，计量文化

“三转一响”

71　自行车　车链转出的商机

74　缝纫机　女人们最大的心愿

77　手表　指针里的时间与情意

79　收音机和电唱机　音乐发烧友必备

“三厅一室”

83　录像厅　旧时娱乐领头羊

85　桌球厅　守得住，熬得夜，有钱赚

88　舞厅　能舞，能吃，还能聊

91　游戏室　当“导演”，过把瘾

"三文一武"

94 报纸 曾经人人爱看的传统纸媒
99 标语 社会的精神，时代的符号
102 电报 曾经惜字如金的通信
105 体委 打遍玉林无敌手

第三篇 荏苒时光往日事

文化教育

109 古代美女绿珠 石崇宠妾助力博白经济
111 找对象和谈恋爱 土味的邂逅与浪漫
113 回娘家 年初二的家庭聚会
116 高考复读 "复读风"缘何吹遍神州?
119 考文凭 从中专到本科
121 勤工俭学 劳动创收最光荣
125 青年职工的"双补" 文化技术大练兵

工作生活

129 造田造地大会战 寒冷与火热的交锋
132 非农业户口 好身份，好日子
134 国营企业的招工招干 国家与农民的互惠互利
136 "以工代干" 工人也能当干部
138 "亦工亦农" 临时"工"，真农民
140 顶职 退休的好福利

第四篇　衣食住行昔日景

穿衣吃饭

144　的确良　的确凉？的确靓！

147　饭店　能吃早餐，可办宴席

150　博白蕹菜　博白“青龙”誉海外

152　博白白切　好食材，不惧白切

155　“老鼠拱被胎”　猪油蒙了肉和肝

158　杨桃摊　杨桃与味水的绝配

160　粉丝　坐拥无数老“粉丝”

162　肥皂　洗衣又洗澡？

164　木柴和木糠　那段劈柴晒糠的往事

住宿交通

167　大旅社　旧时最受欢迎的“酒店”

169　汽车站的客运班车　铁打的班次，满满的乘客

172　私营的货运汽车　担惊受怕的第二职业

175　单位的小汽车　身份和地位的象征

178　看火车和坐火车　两件人生大事

182　交通监理站　不管交通只宣传？

第五篇　旧时商贸遍繁华

国有经济和集体经济

186　手工业社　纯手工的自食其力

189 商办工业 曾经的弯路
193 县供销社 博白商业“半边天”
196 供货会 层层审批，合作互利
199 物资局 搞经营做生意的“局”
201 日杂公司 沙发和草纸的交汇
203 外贸公司和出口产品 出口的手艺活儿
206 单位的汽车队 麻雀虽小，五脏俱全
208 猪瘦企业肥 瘦了猪崽，肥了企业
211 香烟销售 销量不大，一烟难求

个体经济

214 个体药材店 现代药店的前身
216 养仔猪 我和父亲的“发家之路”
221 家庭养鸡 全城养鸡的时代
223 个体户 “小打小闹”赚大钱
225 “万元户” 年收入600万元？！
228 信誉 灵活借贷也要坚守原则

第六篇 九行八业烟火忙

群像

232 客家人 有特色，有光芒
235 化工店的售货员 “偏向虎山行”的革命同志
239 售肉员 旧时代的“分配大师”
241 环卫工人 博白的“时传祥”们

244　搬运工　不怕苦来不怕累
247　文字秘书　打字员的最佳拍档和“偷师”对象
249　通信员　安全稳妥，使命必达
252　南下干部　来自北方的支援
254　单职工　苦不苦，想想旧时单职工

个体

258　打字员　字，记在心里，刻在纸上
261　行政单位的业务员　不跑业务的业务员
264　仓库保管员和开票员　无惧伤害，坚守岗位
267　单位食堂的炊事员　不是大厨，胜似大厨
270　行政单位的门卫　一人一门，安全使者
272　商业局副局长　武工队队长当局长

◆第一篇◆

江边小城旧地标

悠悠江水悄然向前，记忆中的地标早已不是旧时模样，它们日异月殊，焕发新彩。

政商地标

“一城二府”

一城竟有“二府”？

这些年来为解财政之困，乡镇撤小并大，精简机构，减少行政管理人员，成为一种趋势。我的家乡博白很早就有这个意识，于2002年撤销城厢镇，2005年撤销绿珠镇，都并入了博白镇，为博白翻开了崭新的一页。这不禁使我回想起二十世纪七八十年代，小小的——也有人形象地说“巴掌那么大”的——博白县城竟有两个乡镇政府，因此就有了“一城二府”的说法：“一城”就是博白县城，“二府”就是博白镇政府和城厢乡政府。

那时博白镇政府设在大街的西部，与县法院“相对而视”，法院在坡上，博白镇政府在坡下。博白镇政府的楼房

1982年冬，也就是我和爱人在博白镇政府登记结婚一年后，我们一同到照相馆拍下了这张珍贵的结婚照

不高不大，有点老旧，大门向北。要不是大门外挂有镇党委和镇政府这两块牌子，也许来往的行人都不会注意到那里。因为镇政府设有城区的婚姻登记处，所以尽管楼房并不显眼，但那些恋爱成熟、想结婚的年轻人也能轻易找到那里，去办理结婚登记手续。按那时的习俗，来登记的新人都会自觉地带上一包糖果和瓜子给工作人员，以示感谢。记得我第一次去博白镇政府是1981年年底，去的目的就是办理结婚证。如今已过去40多年了，但我对当年的博白镇政府仍记忆犹新。

那时的博白镇政府有一个办公和住宿连在一起的院子，镇一级的管理机构都在院子里办公，管辖的范围并不大，但也配备了一套管理人员体系，具体管理范围包括：一是管居委会；二是管城郊、城东两个大队（村委会）；三是管镇办的企业，如玻璃厂、塑料厂、印刷工艺厂和政府招待所等；四是协管镇直的单位，如财政所、计生站、派出所、教育组等。镇政府的主要工作是抓蔬菜生产，城郊、城东两个大队是县城的蔬菜生产基地，如果没有这两个基地，城里人吃菜都困难。由于县城的市场都由县公司负责，所以那时的博白镇与其他乡镇不同，镇直经营的单位几乎没有，比如粮管所、供销社、食品站、邮电所等。少了这些基层单位，镇政府的工作也相对少了很多，特别是少了协助粮管所征收公粮的工作，这可是一项牵涉千家万户的复杂又烦琐的工作。

而城厢乡政府就不同了，它的机构设置一个都不少。当时的城厢乡政府设在兴隆东路，与县人民医院只隔一条田垌，房屋老旧，大门向北，门口有一条公路经过，直通径口。按照当时上一级政府的定位，乡政府的主要工作是抓农业生产，城厢乡下辖护双、九龙、桂花、春石、西江、城西、新仲、官田、大良、荔埠等14个村委会[①]。除了县城附近的一些村种蔬菜，其余村庄都以种水稻为主，其中城北的护

① 1984年以前，乡镇一级政府称为“公社”，行政村一级称为“大队”，自然村、屯则称为“生产队”“生产小组”。1984年，“公社”改称“乡镇”以后，“大队”改称“村委会”，其他也顺应改了。

双、九龙一带还是县种子公司杂交水稻的育种基地。每年水稻成熟收割后，县种子公司就把这些水稻种子从农民手里收购过来，按照计划销往全县各个乡镇，有些还销往县外。那时我家经营货运业务，也曾帮忙把种子运到县外。

除了这些，我记得那时城厢乡政府的乡直单位还有粮管所、供销社、食品站、畜牧兽医站、信用社、工商所、税务所、财政所等，此外还有一个与博白镇中学平级的城厢中学。后来为了纪念王力教授（他的老家新仲大队岐山坡属城厢乡管辖），扩大学校影响力，城厢中学改名为王力中学。在这么多乡直单位中，我印象最深的是城厢供销社。它在兴隆街这条最有人气的街道上建了一座供销大楼，一、二楼是商场，经营面积3000多平方米，售卖服装、五金、糖烟酒和日杂等商品，与同一条街的百货、五金、糖烟酒大楼一样，都是零售，没有批发。城厢供销大楼在街道的东边，其他大楼在中部和西边，几座大楼同时在不长的兴隆街上经营。

那时的博白县城比较小，加之城厢乡和博白镇同在一个县城，两个乡镇的下属单位又很多，如果不是在县城居住了一两年的人，很难分得清哪些单位是县直的，哪些单位是城厢乡或博白镇的。到了2002年，城厢镇撤销并与博白镇合并后，“一城二府”的问题才得以解决。这一举措不但没有影响民众办事，还精简了两个乡镇政府的机构，大大减轻了财政负担，同时壮大了博白镇的经济，使其成为博白县第一镇。更让人惊喜的是，2020年博白镇登上了中国西部百强镇的榜单，在广西上榜的29个镇中位列第八，再加上博白镇是现代语言学家王力和古代美女绿珠的故乡，其社会影响力就更大了。

县委大院

记忆中的神秘、厚重与美味

2022年年末，党的二十大献礼剧《县委大院》每晚在央视一套的黄金时间播出，吸引了不少观众。我对这个剧名尤其感兴趣，它勾起了我对家乡县委大院的回忆。20世纪70年代末到80年代，那里是我常去的地方，我还在那里参加过近两年的团组织生活，但已有20多年没回去看看了，也不知变化如何。

那个年代的县委大院位于县城第一街——大街西面的尽头，坐北向南，右边是县武装部，左边是县广播站，对面是县政府招待所和人民会堂。

县委大院所在的办公楼高两层，外观普普通通，外墙没有贴瓷砖，只是刮了灰沙，而且灰沙还被陈年的黑斑遮住了，要不是有县委、县政府这两块牌子挂在门口，外地人可能都不知道这里是县委的机关楼。大门开在这栋楼的正中间，进门后一楼左边是县委办公室，右边是县直机关党委和收发室；二楼东边是县委宣传部，中间是团县委、妇联，西边是县委统战部。大院虽说是县委的，但实际上县政府等四大班子和主要的部、委、办、局都在这里办公。记忆中，在70年代末，县委和县政府的工作人员同在一个大门出入，后来县政府在东边另建了一栋独立的办公楼，但车辆还是从县委大院出入。

那时县委大院里的建筑有新有旧，新的是北面一排整齐的宿舍楼，旧的是县委常委会议室和书记、副书记办公室所在的“中楼”，以及县委组织部的办公楼。这两栋旧楼楼高都是两层，大概是民国时期的老建筑，风格独特，外形颇具古韵，整个县城也难寻这样设计的建筑。

“中楼”在博白人心中是有些神秘感的，就连住在大院里的家属出入都是匆匆而过，毕竟这里是县委领导办公的地方。我还记得那时的县委书记里，任职较久的是庞宗振，他没有什么官架子，平易近人，我也听过他做报告，讲话有条有理，工作扎扎实实，着实为博白办了不少实事。

那时“中楼”的东面有一棵白玉兰，树龄有200多年，树高五六丈，树冠宽大，几乎把“中楼”的房顶遮盖了一半。叶子碧绿油亮，有成人的巴掌那么大，尖尖的，从上到下缀满了枝头。每当花期到来时，又细又长、密密麻麻的金色小花就会散发出浓烈的香味。一阵风吹过，整个大院都可以闻到。在这里上班的干部和住宿的家属，倦了累了，闻到花香，精神马上就会振作起来。那时我在县商业局工作，偶尔也会到“中楼”送文件，每到那时我总要看看这些白玉兰，尽情地呼吸那满是花香的空气。

组织部的办公楼与“中楼”相比，虽然都是两层高，但面积小很多，设计也没有那么独特，不过它的位置很显眼，一进县委大院就可以看到。提起组织部办公楼，只要在县城工作过几年的人都知道这座小楼不一般，充满了历史的厚重感。解放前，这座楼是图书馆，也是国民党军白崇禧所部第三兵团的指挥部。1949年11月，国民党华中军政长官公署副长官兼第三兵团司令官张淦妄想指挥余部从这里向南逃脱，结果被解放军俘虏。解放后，这座小楼成了博白战役的纪念地，被写进了《博白县志》。

在我的印象里，旧时的县委大院是许多干部向往的地方，不但工作体面，而且工作环境好。那时这里有一个大食堂，食堂有一两个大厨，做的炒菜、包子和馒头都很美味，加之品种多、价格便宜，不知让多少人馋红了眼。当然，食堂的饭菜不是随便谁都能来买的，即便是大院里的干部和家属，也要凭饭票、菜票才能购买。那时县委、县政府开会常常在这个食堂开饭，所以我也曾尝过味道，直到现在还念念不忘那里的蒸扣肉和包子。这就是我对那个年代博白县委大院的记忆。

博白镇派出所

有公安，心就安

派出所是我国公安部门的基层机构，遍布全国各地，无人不知，无人不晓，一直是社会安定的基石和人民群众放心生活的保证。

七八十年代的博白县城不像现在那么大，只有几条老街，街上的人口也不多，都是一些世居的居民和机关单位的干部职工。县城只有一个派出所，负责管理整个县城的社会治安。那时派出所就设在大街的东部，几十年未曾搬迁。那时派出所有一座老楼，好像有三层，在当时来说算是高楼了，站在楼顶几乎可以观察到整条大街的动静。老楼旁边有一栋宿舍楼，除一楼的两间用作办公外，其余都作住宿之用。所里干警不多，除了所长、指导员，还有四五个民警和

我的弟弟张一佳，于1981年考上广西人民警察学校，穿上警服后英姿飒爽

一个不入编的自行车管理员。

那时派出所里的交通工具不像现在那么先进，只有一辆老旧的偏斗摩托车，车上可坐三个人，一人驾驶，一人可坐在驾驶员后面，另一人可坐在偏斗上。一般情况下，民警出门办事都是走路，远一点的就骑自家的自行车，遇到紧急案件时才会动用这辆偏斗摩托车。虽然这辆车有点老旧，却已是当年县城最先进的车，除了公安局有两三辆，监理站有一辆，其他单位和个人都没有。只要民警开车出警，大街上的人都会主动避让，同时投去羡慕的目光，仿佛在说：“他们能坐在车上，多神气！”

我对民警是比较尊重的，下班经过派出所时，会进去跟熟悉的民警和同乡的自行车管理员聊一聊。说起自行车管理员，这是那个年代的特殊职业。那时自行车是人们出行的主要交通工具，很多人需要办理自行车牌照，而那时的派出所兼顾了现在车管所的职能，每天都有不少人骑着新买的自行车去派出所办理牌照。办理牌照时既要往车架上凿号码，又要造册登记、上档案和发牌，自行车管理员一个人要管全县城的自行车事务，经常忙得不可开交。除此之外，因为那个年代的非农户口有国家的固定口粮供应，所以来办理农转非[①]的人也不少，户籍民警每天上班都忙个不停。

那时派出所民警接警次数并不多，特别是刑事案极少，大多是一些小偷小摸的案件。我时常能见到派出所老楼的出入厅里扣着两三个小偷，他们穿一身破旧的衣服，大都是一些怕辛苦、不务正业的年轻人。也许因为那时候是计划经济的时代，城镇和乡村的物资都很匮乏，人们日出而作，日落而息，人与人之间的贫富差别并不大，家里多一辆自行车、一台缝纫机，或者一块手表，就可以说是“富人”了，所以刑事案件很少。身处那样的时代，虽然温饱尚难满足，但人们心里却充满了幸福感、安全感。

---

① 农转非是计划经济时代的一种户籍制度，即由农业户口转为非农业户口，并由国家按照《市镇粮食定量供应暂行办法》供应口粮。

到了80年代中期，随着录像厅、桌球厅、舞厅和游戏室等娱乐场所的出现，加之人员的来往增多，县城的治安案件逐渐增加，派出所的民警也就忙碌了起来。尤其到了晚上，这些娱乐场所一开始营业，就常常发生争吵和打架斗殴事件。接到报警后，民警就要紧急出动，及时赶到现场处理，哪怕三更半夜也是如此。在派出所当民警经常要加班加点，上班提前到，下班不按时，节假日也无休，有时抓捕罪犯还有危险，但民警们都把这些置之度外，全心把公安工作做好。让我们一同向公安民警们致敬吧！

博白街

小时候最向往的地方

时代的发展真是势不可当，如今的博白县城早已今非昔比，城区面积扩大了好几倍，新街新路也增加了10多条，一句话就是——发生了翻天覆地的变化！漫步在今时今日的博白街道上，我回忆起了二十世纪七八十年代的博白县城。

先从70年代中期说起。那时候可能是人们出远门少，见识不多的缘故，都把县城看得很重要，乡下的农民更是把县城当省城来看待。在那个年代，因为交通不便，坐客运班车很困难，加之很少人有自行车，所以乡下人进一次县城并不容易，除非县城有亲人或者有事要办，不然是不会进城的。因此大多数乡下人几十岁了还未进过县城，他们平时都是在乡里转悠，至多是圩日时到镇上卖点农副产品，顺手买回一些必需的日用品。

记得我16岁之前都是在乡里读书，那时父亲在县城的五金交电化工公司（以下简称“五金公司”）工作，母亲在乡下当农民。那时的博白县城可不是现在的叫法，人们都习惯叫“博白街”。对能在街上工作的人，乡下人都很羡慕，甚至连起名都有“街”音，我弟弟阿佳就是其中一个。因为他是在县城出生的，加之在村里同辈排行第十，所以父亲就叫他“十街”。弟弟长大读书后，当小学校长的二伯干脆就用“街”字音，为其取名为张一佳。博白街那么好，我小时候就想到县城见见世面，但直到能独自出门后，母亲才放心让我去一趟。

我第一次单独进县城是读小学三四年级的时候，也就是20世纪70年代初期。那时候家里还没有自行车，因为我们家离镇上太远，搭不到客运班车，所以我只能独自步行到县城。去的那一天，我早早就起床，准备好路上吃的红薯和芋头，戴上斗笠就上路了。一路上汽车很少，拖拉机倒时不时能见到一台，但大都是手扶拖拉机，中型拖拉机很少。自行车成了路上的风景，一辆辆拉着货、搭着人的自行车从我身边快速经过，让我好生羡慕，想着有朝一日我也要拥有一辆，这样去博白街或出远门就不需要步行了。我边走边看边想，不知不觉就到了县城，20公里的路用了两个多小时。

等我找到父亲工作的五金公司石油化工仓库时，已是上午10点半了。看父亲正忙着，我打招呼后就到街上转去了，想看看我向往的博白街究竟是什么样的。我从文化路出来，先走大街，接着走新兴街，然后走兴隆街，再走南街。走了这些街后，怕父亲等我吃中午饭，连商场和电影院都没来得及进去，我就匆匆忙忙赶回来了。到了下午5点钟，父亲下班和我吃过晚饭后，又带我逛了文化路、新码头路、公园路和环东路，几乎把博白的街和路走了一遍，但都是走马观花。

直到70年代中期，我到博白街的五金公司工作，才慢慢了解县城的每一条街、每一条路。那个时候，博白街的建设还比较落后，城区面积几乎没有扩大，只有几条老街和老路。先说那几条老街。按当时的说法，街一般都是比较热闹、可做生意、有铺面和商场的地方。铺面既可租，也可自己经营，谁拥有一个铺面，谁就能赚钱，所以有“一铺养三代”的说法。当然如今情况变了，不可与当年比。

那时博白街的第一街是大街。大街从现在的客家文化步行街牌坊这一段，也就是从那时的白州电影院十字路口开始，一直往西，经过县人民法院往南转西，到县人武部为止。且不说这条街的铺面有多贵，单是县委、县政府、县人大等四家班子都在这里办公，就足以说明大街的分量和影响力了。尤其县工商银行和派出所对面这一段，在那时可是黄金地段，铺面出租不用愁，而且很抢手，不论经营什么都好卖，生意也好做。我有个远房表姐就在工商银行对面有一栋房子，一楼铺面拿来出租，二楼以上几个兄弟一户一层楼，日子过得很是滋润。

再说博白街的第二条街——新兴街。从白州电影院的十字路口开始，一直往东，经过狗儿巷后不远向北转，在县食品公司饲料门市部的三岔路口继续往北，直到公园路、新码头路和环东路的大转盘为止。这条街全长六七百米，是县城的老街，县城的老人也说不准具体的建街时间。整条街几乎都有骑楼，这种骑楼是一种典型的外廊建筑，各家店里用五脚基相连，形成一条有屋檐的长街，可挡风避雨，也可乘凉。

那时的新兴街平日里行人并不多，但每到“三日一圩”，也就是“博白街日”时，县城周边十几公里的农民都会来这里“赶街”。每到街日，整条街的两边都摆满了农副产品、扫帚、农具、杂货等，还有一些小吃，加之县城的干部职工和居民也来凑热闹，可谓是人山人海，热闹非凡。

记得那时我有个朋友在新兴街上开了间油漆店，请我帮忙题字。当时我正痴迷于练写魏体字，所以一口就答应了。记得那天我爬上了七八尺高的木梯，直接在门头顶上挥毫——新兴街油漆店。招牌写好后第二天油漆店就开业了，听说生意很好，我特别高兴。

除了新兴街，县城最有人气、街道最宽敞的就数兴隆街了。那时的兴隆街，除去人气最旺的菜市不说，光是那些国营商业大楼就足以让人眼花缭乱了。什么城厢供销大楼、百货大楼、日杂大楼、五金大楼、糖烟酒大楼，还有饮食服务公司的工农兵饭店、博白照相馆等，真可谓国营商企“一统天下”。每当夜幕降临，华灯初上，这里就人来人往、车水马龙，成了名副其实的兴隆街。

最后就是博白的第四条街——南街了，也就是现在的南州南路。那时的南街从水电局门口开始，经过电业公司、五金大楼、基建局、建筑公司、汽车站后，一直往南，到城南加油站的大转盘为止，大约有1公里，是县城最长的街，也是县城的主要出入口，大部分的乡镇车辆进入县城都要经过这条街。那个年代县城唯一的国营汽车站就位于南街，而客运班车都是汽车站在经营，因此人们出差、下乡或回农村老家，都必须到南街的汽车站坐班车。南街每天从早到晚汽车喇叭总响个不停，沿街的居民也只好闹中取乐了。

除了念叨念叨这四条老街，老路我也想说一条。虽然如今它已被冷落，但我们不能忘记它的过去，因为它曾经热闹过，也为县城做过贡献，它就是新码头路。路从公园路与新兴街、环东路交接的大转盘开始，一直往西，经过博中、水电局、看守所、城区粮所，下了坡，到粉丝厂、森工站的南流江边为止。说起新码头路，这个路名不是凭空而起的，是因为当时在森工站附近的江边建了一个新码头而得名。

70年代之前，南流江尚可通航，这条江发源于北流大容山南侧，自北向南流经玉林、博白、合浦，最后注入大海，是广西南部独自流入大海的河流中流程最长的。南流江有博白的母亲河之说，自古以来哺育了沿岸的乡村和城镇，滋养了一代又一代的博白人。过去的博白县城因为没有铁路，陆路交通不便，全靠这条航道运输货物。我曾听父亲说过，他在县五金公司石油化工仓库当保管员时，经常天还未亮就要起床到码头接收货物，可见当时南流江航运之兴盛。

70年代初，南流江河道的大岭段被沙石堵塞，影响了通航，县里组织农民疏江，当时我大伯的儿子重城哥被生产队派到疏江队，参加了将近10个月的疏江工作。经过这次疏江，南流江重新通航，但通航一段时间后，大部分河道又出现了堵塞。从此以后，整条南流江就无法通航了，人们改走陆路运输，这条新码头路便再也热闹不起来了。虽然南流江不再通航，货物不能用船运出海，但如今的博白县城向南发展，高速路四通八达，铁路也经过县城，延伸到铁山港，货畅其流，客似云来。

文化路

文化单位一条街

也许有些博白人并不知道，博白是因一条小白江而得名，距今已有约1400年的历史。古老的博白县城经历了沧桑巨变：现在文化路、大街、新兴街已改造成为步行街，路面铺装了花岗石；新兴街虽保留了骑楼风格，但也都喷刷一新了；大街的一部分和文化路改名“客家文化步行街”，道路的部分地段设置了花池、座椅和标志性的客家雕像，入口处还建了门楼牌坊。

白天的步行街，干净整洁，人来人往，很有城市的气氛；到了傍晚，在步行街原文化路这一段，伴随着车轮的滚动声，一个个摊主开启了忙碌的夜市，灯火亮起的那一刻，生活的烟火气便扑面而来。在这里每走一段，空气中都飘散着不同的香味。整条街上到处是拥挤的食客，有些坐着，有些站着，边品尝美食边聊天，聊了一阵就离开，一拨接着一拨地来，直到深夜食客都不断。就这样，这里成了年轻人的“深夜食堂”，原来的文化路变成了美食街。

说起文化路，这里是我的成长之路、青春之路，毕竟我在这条路上工作和生活了整整20年。虽然没有做出什么惊天动地的大事业，但在这里，我度过了美好的年华，留下了很多回忆。我初到县城参加工作的时间是1976年12月，在五金公司下面的一个化工门市部做售货员，门市部就在文化路的南面（白州电影院对面）。工作一年半后，我被调到了商业局，正好是同一条路北面的尽头，一干就是12年。1991年年初，我又被调到了医药公司、医药管理局，也在文化路的南面（白州电影院的旁边），直到1996年年底才调上南宁。从1976年到1996年的20年间，我一直在文化路上工作和生活，不但熟悉，也有好感。

文化路有三四百米长，初时是用石灰、沙子、黄泥做成的灰沙路，路边没有什么树，只有一条不盖板的水沟，沟里也常常有水流。那时的文化路虽不像现在这样繁华热闹，但很有文化的氛围。从南边开始的第一个单位是白州电影院，第二个是体委，第三个是总工会，接下来是图书馆、商业幼儿园、登高中学、博白县师范学校（后改为博白镇第一小学）、博白县中学等。

那时候，白州电影院不论白天还是晚上都热闹非凡。因为那时电视、手机都还没有普及，所以看电影自然就成了人们文化生活的最佳选择。白州电影院80年代初建成，直到2013年左右才退出历史舞台。

体委也很热闹。这里的灯光球场经常有篮球比赛，不是县城的单位自己打，就是邀请毗邻的县队过来打友谊赛。只要有赛事，这里就人山人海的，两三千人的座位都不够坐，买入场票都难。

总工会也不赖。这里有一个露天的演出舞台，可以坐好几百人，每逢五一节、国庆节，总工会就组织各单位的工会来这里演出，演出时总能把整条文化路堵得水泄不通。

还有对面的图书馆，里面有很多中外名著，想看就看，想借就借。但这里的“热闹”与众不同，看书时必须安静，进来后说话声音要小，不然就影响到别人了。

除了以上这些单位，文化路北面的尽头还有一个县里的重点中学——博白县中学，这里是学子们向往和奋斗的地方。在博白，想要上大学，想要将来有好的发展前途，就必须在博中搏一搏！

百货公司和百货大楼

不为盈利的“国家职能部门”

自百货公司第一次在中国出现，至今已有100多年的历史。改革开放以后，百货公司发展迅速，与曾经的模样大不相同，但我仍对七八十年代的博白县百货公司和百货大楼印象深刻。

那时候我在家乡博白县城工作，刚开始在五金公司化工门市部做售货员，后来调到商业局做打字员和业务员。当时商业局直接管理县里的几个大公司，这几个大公司经营着关系人们吃、穿、用的工业品，以及副食品和猪肉等。百货公司在这几大公司中属于龙头老大，不但人员多，门店也不少，仓库更是大，有4000多平方米。它销售的商品与人们的生活息息相关，工业品的销售额占商业系统的一半左右，因此百货公司的经理一般会由商业局副局长兼任。那时国家经济不景气，物资匮乏，商业工作的方针是“发展经济，保障供给”，所以百货公司更像国家的一个职能部门，它的使命不是营利，而是保证社会分配的基本平均。

那个年代是票证时代，紧俏的工业品都按计划分配，凭票购买。当时县百货公司有一个大的批发部，配有近10个开票员。百货公司会把所有商品的样品都摆在批发部专用的货柜里，供基层供销社的采购人员选购，全县的缝纫机、名牌手表、布匹、肥皂等紧俏商品都在那里开票。百货公司管理很规范，服务也热情，先由业务组做出分配计划，经公司领导审批后才开票、发放。每年，百货公司还会看准时机开两三次全县供销社的供货会，使商品尽快销到基层供销社，以保障供给。

除了做好基层供销社的供货，百货公司为了方便群众，在70年代后期还投入大笔的资金，在县城的兴隆街上，公司的旁边建了一座百货大楼，楼高五层，一、二层是商场，三层以上是职工宿舍。百货大楼超越当时的五金大楼，成为县城的地标性建筑。这座大楼加上对面的百货仓库和原有的一些门店，兴隆街的一半几乎都成了百货公司的地盘。

为了搞好百货大楼的经营，使百货大楼成为县城商业的一张名片，当时百货公司新招了10多名年轻的女售货员，并派到商业局进行岗前培训。当时我作为打字员，每天都要为这些售货员打印培训资料，常常忙得不可开交。培训结束后百货大楼就开业了，商场一、二层装饰一新，壁柜、地柜摆放整齐，美观大方，一层经营服装、日用品等，二层经营布匹、钟表、文具用品等。各式各样的商品摆满了柜台，井然有序，琳琅满目。还有那10多个女售货员，既年轻又漂亮，成了大楼里的一道风景，吸引了不少小伙子呢！那时能在大楼里做个售货员是很好的职业，很多人都羡慕。

百货大楼的开业不但给县城带来了热闹，也给人们提供了一个休闲的好去处。每天，只要大楼一开门营业，就有很多人进去购物，到了晚上更是热闹，人潮涌动，人声鼎沸，整个大楼都挤满了人，人们就是不买东西，也喜欢来看一看、逛一逛。当时上海货最热门，尤其是上海产的手表，光有钱还不行，必须有百货公司业务组发的票或者批条才能购买。记得当时由于工作上的需要，我也找了百货公司的业务组组长李志卿，求他写了张批条才买到了一块上海牌手表。巧的是，后来李组长因为工作表现突出，被调到商业局担任业务股股长，成了我的顶头上司。人与人之间的缘分还真是奇妙呀！

文化地标

饮马江村

南征军和我的故事

城镇化的快速发展，使得县城周边农村的土地陆续被征用，农村变成了城中村，农民变成了居民，村落的房屋有些被拆，有些还保留着，老村名在人们的记忆中也慢慢淡化了——这是时代变迁的必然现象。说起城中村，我想起了家乡博白县城的饮马江村，不管过去还是现在，它都处于县城的中心区域，叫城中村也很切当。饮马江村大且老，甚至村中有些老人还说“不知是先有县城，还是先有饮马江村”。当然，这有待考证。

七八十年代我在县城工作时，饮马江村归博白镇城郊大队管理，有几百口人，主要是梁姓和邓姓。村子很大，小巷很多，且弯弯曲曲，四通八达。巷子深深看不到尽头，有的小到只能行人，迎面而行还得侧身相让。由于小巷多得像蜘蛛网一样，村里边简直就是一个迷宫，不熟悉的人进去后还得担心能否出来。村里有砖瓦结构的民舍、老祠堂和过去大户人家的大宅，那些老院子、老门楼、老门窗和废弃的灰沙墙与水塔，还有寻常人家院子里的老树，以及老水井和来来回回挎着洗衣桶的妇女……这一切是那样让人感到亲切。

虽然村子路多且深长细小，但为了赶时间、少走路，我那时也经常走。那时候村南面有片菜田，有一条小河从那里流过，流经南街的饮马江桥，最后流入南流江。于是有些人猜想，饮马江的村名是不是与这条河有关。猜得不错。有关史料记载，东汉建武十六年（40年），征侧、征贰在交趾率众起事，建武十八年（42年），光武帝派伏波将军马援率军南征讨伐。大军长途跋涉，人困马乏，途经博白时，在南面发现一条小河。这条小河是南流江的一条支流，水量充沛且清澈见底，于是马援的大军就在这条小河边临时驻扎，饮马屯兵。大军休整完毕准备继续远征时，博白的父老乡亲都依依不舍地送别这位为国征战的将军。后来为了纪念这位大汉将军，百姓们将这条无名小河叫作饮马江。因为饮马江四周宜居，到那里安家落户的人也渐渐多了起来，就形成了后来的饮马江村。

说到饮马江村，让我想起80年代中期的一件事。那时的饮马江河水清澈，有几尺深。河上面建有一座饮马江桥，桥边没有护栏，桥的东面有一条小路通到中医院。一天傍晚，我吃过晚饭后骑着自行车到汽车站办事，骑到饮马江桥头时，看到前面有个少妇骑着自行车，载着一个小女孩。突然间，不知什么原因，车头一歪就掉到小河里去了。看到这突发情况后，我迅速弃车飞奔下桥。看到小女孩头上受伤，出了很多血，我顾不上大人，抱起小女孩就直奔中医院的急诊室，赶紧让医生给她包扎止血。随后那个少妇也赶到了，等医生处理好小女孩的伤口后，少妇就把她带回了家，我也回了自己的家。那时候我满身血迹地走在街上，别人还以为我打架了，纷纷投来异样的目光，后来这位少妇的家人上门来致谢才真相大白。当时我对少妇的家人说："不必谢，你们回去吧，这是我应该做的。"

登高岭

从县城保卫战到我的入党之路

登高岭位于博白县城的东北面，与县城几乎连在一起，在山顶可俯瞰全城。坊间传言，站在登高岭南边的山上扔一块石头就可砸到东圩头的民房，可见其地理位置之独特，是县城的最高处。登高岭的东南两面都很陡，北面是斜坡，西面从上到下都是修建的台阶。登高岭和它的周边都属于人民公园的园区。公园建于1926年，有将近100年的历史，如今园区里绿树成荫，山路弯弯，满目飞花，一派生机勃勃的景象。登高岭的山顶上，青松翠柏簇拥着气势雄伟的革命烈士纪念碑，山下的碑前广场立有朱锡昂烈士雕像，雕像正面有聂荣臻的题词："朱锡昂烈士永垂不朽！"雕像右侧有朱光亭，左侧是纪念馆、动物园、游乐园等。

现在的人民公园既是红色旅游的打卡地，也是人们唱歌、跳舞、运动、休闲的好去处。但在1950年6月24日，这里可是县城保卫战的主战场。登高岭在那时作为制高点，是决定战争胜负的关键，自然也就成了敌我双方争夺的要地。当时"反共救国军"一七六师师长曾仲荣纠集县东南部2000多个土匪，突袭博白县城。土匪摸清县城情况后分两路袭击，其中一路占据了登高岭制高点，居高临下，用机枪猛烈扫射山下的解放军和县大队。当时县城里只有解放军四六〇团一个排的兵力以及数十名县大队的战士和党政机关干部。面对占据有利地势的土匪，我方采取两面进攻的战术：一面在人民公园一带攻登高岭之西，另一面由县大队在东圩头一带攻登高岭之南。两面相互配合猛攻，但土匪仍然不退。10时许，解放军四六〇团一部从北面的沙田方向赶来增援，在县大队的配合下，开始向登高岭发起新的冲击。一发炮弹落在登高岭山顶上，土匪的机枪手当场毙命。随着解放军冲锋号的吹起，土匪们死的死，伤的伤，纷纷向东面的大山逃窜。讲述这段解放军攻占登高岭、取得县城保卫战胜利的故事，只为记录历史，让年轻一代的博白人更珍惜现在的美好生活。

我虽未参加县城保卫战，但因为我在县城工作和生活了20年，登高岭上的一草一木我都熟悉，那里给我留下了许多美好的记忆。那时候，改革开放刚开始，县城正从沉睡中醒来，人们的思想也开始活跃起来，不但懂得做生意，也懂得运动、休闲和娱乐。喜欢看球、打球的，不是到体委的灯光球场，就是到博白镇中学或城厢镇中学；喜欢运动休闲、看风景、看动物的，就到公园。

当时县里只有登高岭下的这个人民公园，所以平时城里人都把人民公园当作一个散步、跑步、唱歌、跳舞、相亲、会友的好去处，甚至谈恋爱都喜欢到那里去。每逢周末，家长会带上孩子去看动物；逢年过节，全家人也都一起去散步聊天。特别是大年初二，午饭后全城人就会从四面八方涌入公园，一时间这里人山人海，热闹非凡。那时候我还是单身，每天早上5点多都会与财贸部的干部王志宽跑步到人民

我（后排中）与三个好友在登高岭的烈士纪念碑台阶上，留下了属于那个年代的记忆

公园。到公园后就从正面的台阶跑上登高岭山顶，在顶上的烈士纪念碑地坪慢走几圈，在那些松树下休息一阵，呼吸新鲜空气，放松放松，鸟瞰全城的风景后才回去上班。几乎每天都坚持这样，直到结婚成家。

值得一提的是，登高岭上的路还是我入党前经常“聊”的路。那个时候我正在申请入党，经过一段时间的考察后，局党组讨论决定把我列为中国共产党的发展对象，并指定两名党员干部作为我的入党介绍人，经常做我的思想工作，帮助我进步。介绍人之一项锡权是个转业干部，也是政工股的干事，做事认真负责，每个星期都会抽出一两天，晚饭后叫上我一同到人民公园散步谈心，向我介绍入党的好处以及党的有关知识。我们每次到公园都从北面的斜坡走上登高岭，边走边聊，在山顶转几圈后才下山回家。不久，也就是1980年12月4日，我被党组织批准成为一名预备党员。如今我入党已40多年了，还时常想起在登高岭上漫步聊天的往事，因为觉得特别有意义，所以至今记忆犹新。

大平坡水楼

王力的人生转折点

王力，博白人，中国著名的语言学家、教育家、翻译家、散文家和诗人，中国现代语言学的奠基人之一。大平坡水楼，博白县文物保护单位，位于县城东南4公里外的大良村。王力和水楼之间有着怎样的故事呢？我跟大家说道说道。

先说说水楼。整座水楼坐北朝南，四周有护河，南北长约28米，东西宽约16米，楼高约18米。水楼分四层：底层大半没于水中；二、三层各设五室，四周有长廊相通，廊外南北均设有11个拱门，东西各设5个拱门；四层设三室。二楼南北向曾各设有吊桥一座，现已改铺水泥板。据说原先是木板吊桥时，人上了水楼之后，从楼上将木板拉起，整座楼就成了真正的“水上楼阁”。整座水楼设计古朴典雅，做工精巧美观。

20世纪20年代初，全国兴起办学之风，博白县也开设了两所实行新学制的完全小学[①]——开国学校，其中一所就设于大平坡水楼。设于水楼的学校开办于1921年，由李慎

① 完全小学，简称“完小”。中国1922年学制规定，小学分初、高两级，修业年限为6年（初小4年，高小2年）。初级单独设立者，称初级小学；初、高级合设者，称完全小学。

西任校长，因此当时人们也称这所学校为“李氏开国校”。

李慎西办学十分重视师资质量，聘请老师不拘一格，但特别强调真才实学。据说李慎西任校长后，了解到博白有个叫王力的年轻人在乡间私塾教书，教得很好，就专程找上门。一番交谈后，李慎西当即决定聘请王力到学校任教。于是，当时只有高小毕业的王力，成了学校里的教师。因为资历和学历浅，王力刚任教时待遇并不高，学校安排他教初小，年薪只有80元小洋。但王力并不在意，他边教边学，教学效果很快得到师生们的普遍认可。不到半年，爱才的李慎西便将王力提拔为高小教师，年薪增至160元小洋。那一年年终，李慎西还亲自将年薪送到王力家中，让王力一家过了个“肥年”。

随着王力才华的进一步显露，李慎西感叹：“凭王力的才干，让他教高小实在是委屈了他！”他和学校的其他老师都认为，年轻而又博学的王力，要是能到大城市的大学去深造，前程将不可限量。李慎西等长辈的话，让年轻的王力胸中燃起了升学深造之火。可是，一想到家里缺钱，王力便又犯了愁。了解到王力的苦恼后，李慎西安慰道：“你想升学就去吧，没有路费我给你，考上大学，经济上有什么困难，再慢慢想办法解决。”在李慎西和同事们的鼓励和资助下，王力于1924年夏告别了同事和家人，告别了水楼，乘船顺南流江而下，辗转前往上海，开始走上了求学之路。

可以说，水楼是王力人生的一个转折点，也是他从乡下走向大城市求学的起点。现如今，故乡的人民都为王力感到骄傲和自豪，还在全县范围内掀起了“讲好王力故事，传承王力文化”的热潮。

博白镇中学

教育改革的“弄潮儿”

2022年11月26日，我的第一本书《六七十年代的乡里》在博白新华书店上市，举行了一个简单的签售仪式，县委宣传部常务副部长冯铭也来了，并在仪式上发表了讲话。不知是碰巧还是这个日子好，当天博白县实验中学举行建校100周年庆典，县委书记孙国梁率四家班子出席了活动，到场的嘉宾和校友也很多，庆典很热闹。我知道这个消息后特别高兴，毕竟在博白县城，延绵百年的学校几乎没有，就连全区有名的博白县中学，也没有达到这个“年龄”。

说起博白县实验中学，它的前身是创办于1922年的博白县立城区镇高级小学，创办人是清末秀才陶生熙。此后，学校曾几次更名，几番迁址。1978年改名为博白镇中学，

1991年改名为博白县实验中学，规模也变大了许多。为了让博白人了解它的过往，在这所学校百年华诞之际，我专门写写我记忆中1979—1983年的博白镇中学。

那时候我在县商业局工作，每天傍晚都会抽空到县城转一转，看一看，博白镇中学是我常去的地方。县城不大，从人民电影院往前走几十米后向左转，就有一条小路直通镇中，再走几分钟就到学校正门口了。除了正门的这条小路，南街县建筑公司旁边也有一条路直通镇中。当时镇中的地理位置相当好，既不偏，也不远，而且相对安静，平时大街再热闹也不会影响到学校上课。学校旁边就是县教育局，在“上司”的眼皮底下，学校领导和老师都不敢懈怠，学生也自觉很多。

我记得那时的博白镇中学规模不算大，只有两栋教学楼和一栋综合大楼。高中有6个班，学生300多人。初中有15个班左右，学生1000多人，教师100多人。当时正逢改革开放，整个教育系统都在探索和实验新的教学方法，学校身处这样一个新时期，教学也不好定位。在这一时期，博白镇中学有三位老师，出于对教学工作的热爱，在自己的教学中大胆探索和实践，创出了一条条全新的教学之路，并被作为典型经验向全区教育系统推广。一时间，博白镇中学名扬玉林乃至整个广西，各个学校的领导和老师纷纷赶来学习和取经，博白镇中学成了博白县最出名的学校，三位老师也得到了上级的嘉奖。这三位老师分别是刘业伦、刘庆秀和李国秀。

先说刘业伦。他现已退休，原是博白镇中学的老师、校长，1992年因为教学成绩优秀，被自治区教育局作为教育人才调上南宁沛鸿民族中学任校长，后兼任自治区人民政府督学。刘业伦在博白镇中学任教师期间，在教学实践中创出了“初中语文三段教学法”(即自学、共学、练习三段)，得到了县教育局的认可，并组织人员编写印发了《刘业伦教育经验学》，后经玉林地区教育学会提炼为《教给学生终身受用的东西》向玉林地区宣传推广，不久还在全自治区教育系统得到推广应用。

再说刘庆秀。几乎在同一时期，他也探索出了“茶馆式”课堂教学改革模式和学生自改作文经验，经玉林地区教育学会总结提炼后，编出了《我怎样教学生自改作文》，在全玉林地区推广。

还有李国秀，她从“初中语文三段教学法”中得到启发，实行初中政治课课前预习、师生共学、课堂练习三段教学实验，取得了成功，被玉林地区教育学会总结为“初中政治教学法”，在全玉林地区推广。

我与刘业伦颇为熟悉。1996年我调上南宁，到广西石油总公司工作时，刘业伦早已在南宁沛鸿民族中学当校长了。

总公司的大楼与学校的大门隔街相对，我还曾专门到学校拜访过刘校长。他为人师表，十分敬业。不少认识他的博白人都赞扬他，说他为博白争了光，为博白镇中学做了贡献。

人民电影院

一城一影，一票难求

有人说，电影对有的人来说是一条街道，驻足在哪里，哪里就是终点；对有的人来说是一座迷宫，无所谓终点，也无所谓走出。前一种人叫观众，后一种人被称为影迷。随着年纪越来越大，我对电影已无甚兴趣，别说到电影院，就是在家里也很少看电影。

我小时候在乡下生活，看的都是露天电影，三四个月才能看上一场，而且乡下播放的都是《地雷战》《地道战》《南征北战》这些老片子，也不知看了多少遍。从农村到县城后，我发现看电影是那么的方便，而且常常有新片上映。回想70年代末，我虽然还没到影迷的程度，但也很爱看电影。不说天天看，但只要有新片上映就一定会去看，而且要在上映的第一天晚上去看，哪怕最后一场也要赶去，不看就好像缺点什么似的。

记得1976年年底我到县五金公司工作时，住的五金大楼正好在人民电影院的旁边，宿舍的楼梯口与电影院大门并排着，相隔只有两三米。楼梯口前面的电线杆上挂有一块每日电影公告牌，每天早上8点半左右就会公布当天上映的电影片名和放映时间。那时我是单身汉，不需要上夜班，宿舍里也没有电视，所以我晚上不是去逛街，就是去看电影。那时候看电影可以说是县城百姓最喜欢的文化生活。

那时县城只有一个电影院，所以不论是白天还是晚上，几乎场场爆满，人民电影院可以说是县城最热闹的地方。每天从早到晚，电影院门口的售票窗前总有人在排队买票，为了买到一张电影票，人们要花二三十分钟排队，有时排到了，票却卖完了，只好空手而归，第二天再来排队。那时由于我住得近，又经常看电影，出入多了，从电影院的院长到放映员、售票员、检票员、门卫，甚至电影广告的画家我都认识。和他们熟悉的好处是买票会方便些，可以买到好的座位，比如一楼中排中间和二楼前排中间的位置。

记得那时每逢新片上映，电影票就像猪肉票和自行车票一样紧俏，因为电影院要分配一些票给重要的机关单位和关系户，电影院的职工也能分配到几张内部票，剩余的票才在售票窗口公开售卖。每当我想看当天上映的新片又买不到票时，往往都是找电影广告的画家阿阮哥和刘景时，他俩只要有票都优先给我，钱当然照付。买到票后我就坐下来与他俩聊天，一同欣赏他俩画的广告画。那时我与刘景时的关系较好，他年纪大我五六岁，毕业于广西艺术学院，是县里的年轻画家。

那个时候的晚上，每场电影开映前20分钟，影院门口总是人山人海，大家都提前到门口等候入场。只要前面的电影一散场，也不等出场的观众走完，等候的人就蜂拥而入，不过入场还是要验票的。为了防止一些人无票混入，电影院门口站着两个身强体壮的门卫，一个是阿生哥，另一个是阿卢伯，听说他们都是身手很厉害的人。此外，每场电影开映10多分钟后，还会有两个检票员打着手电筒进来提醒大家："检票开始了，请把票拿出来。"这也是为了防止那些偷看者。如果查到无票者，就会把人叫出放映厅，让其等待处理。处理的方式一般是扫影院和扫厕所，凡是被处罚过的人，大都不敢再无票混入偷看电影了。

如今，人民电影院已消失，设备一新的影城出现，人们看电影的热情不减，但想要逃票估计是不可能的了。

新华书店

旧时代的风向标

古人云："书中自有黄金屋，书中自有颜如玉。"也有人说："书籍是人类的营养品。""书籍是人类进步的阶梯。"可眼下到书店买书和看书的人相比以前明显少了很多。是因为现在人们不喜欢买书和看书了吗？不然。这是时代的变迁改变了人们获得知识的方式，如今在电脑和手机上也可以看书，不一定要看纸质书。回想20世纪80年代，新华书店可是许多人特别向往的地方，因为那里有漫画、故事书，还有各种专业书籍，你想充电和求进步，就得到那里去。那时候，我从乡下到博白县城参加工作，知识的缺乏影响到了工作，所以经常利用晚上的时间到新华书店买书和看书。

当时新华书店在博白县城最繁华的兴隆街中部，博白照相馆对面，有两层，一层为门店，面积有三四百平方米，中间一扇大门，两边各有一个宣传橱窗，新书和好书都在那里展示。店内没有什么装饰，进门正面摆有一条长长的玻璃地柜，四周都是壁柜，分门别类地摆满了各种各样的书，壁柜上面的墙上贴有一些画，也都是样品，看中了哪一张，都可以叫营业员从柜台里拿出来包好买走。当时最好卖的画，都是电影明星的画报和风景画，年轻人都喜欢买一两张贴在房间的墙上欣赏。那时新华书店的每个班次都有三个营业员，不然就会忙不过来。这些营业员很有素质，也很热情，你想看什么书，只要跟他们说，他们就会拿给你，特别是那个有点年纪的吴大姐，对每个人都是笑脸相迎的。

那时的新华书店和电影院、照相馆一样，是县城最热闹的地方，不论是学生、家长，还是年轻人、中年人，都喜欢到书店来逛一逛、看一看，遇到适合的书就买上一两本。最受欢迎的自然是爱情小说，比如《第二次握手》，一上市就被抢购一空。大家买到后还会互相借来看，借书、看书是那时的一种风尚。一借一还之间，一些年轻男女就交上了朋友，有些还谈起了恋爱，甚至有一本书决定终身大事的爱情故事。那时大多数人都想通过看书增长知识，有些还想考大学，争取得个好文凭，因而读书也就成了那个时代的时尚。记得当时还有一个全国性的文化补课行动——70年代中期以前毕业的高中生，如果是正式职工或干部，就要统一进行文化课补习，要通过考试才承认学历。我也在补课人员的范围内，所以有段时间每天晚上都要去上课补习，有空时也会到新华书店买一些教辅书和资料。

在我的印象中，那时的新华书店早晚都营业，早上没开门就有一些人在等候，晚上关门了还不愿走。每逢元旦，大家都来买挂历、台历；每逢《大众电影》上市，年轻人也都来抢着买、抢着看，几乎把新华书店挤爆。可以说，新华书店就是那个时代的风向标，承载了独属于那代人的记忆。

广播站

我的十年写稿出发地

时代在变，媒体也在变，如今这个时代，大家获取信息的主要渠道是网络，纸媒已靠边，广播站也几乎消失了。回想70年代末80年代初，主流媒体却是报纸和广播，变化之大，可能谁也不曾预料到。对于那个年代博白县城的广播站，我是十分熟悉的。

那时是改革开放前后，从县城到乡村，政治氛围仍然很浓，整个社会都以农为主，以粮为纲，各行各业都为农业服务，连宣传也主要面向农村。那时县里没有电视台，只有广播站，从县城到各公社都有广播站，个个大队都通广播，家家户户都有喇叭，人人都听广播。广播站每天早中晚三次按时播音，中央和各级党委、政府的重要新闻，以及县委的重要会议和重要决策都是由县广播站播出的。因此，广播站在宣传方面分量很重，县委领导都来过问，宣传部自然也不敢懈怠。

那时县广播站设在县委大院门口的左边，与县委宣传部墙连墙、窗对窗，但两边走的门不同，宣传部走县委的大门，广播站有一栋独立的小楼，走小楼的大门。广播站占地面积不大，大概100平方米，楼高两层，楼门口挂有一块写着单位名称的小牌，楼顶装有一根高高的天线。广播站归县委宣传部直接管辖，人员并不多，只有10人左右，站长叫刘治彬，是个女同志，看起来文质彬彬，有文化，有知识，是个宣传人才。除了站长，还配有编辑、播音、技术等人员。

广播站虽小，但作为县里的宣传喉舌，县委宣传部十分重视。那时广播站每天需要播报3次，播报的节目和新闻总不能都是转播而没有县内的新闻，因此拓宽新闻稿件的来源渠道就很重要，否则如果没有人向广播站投稿，它的宣传作用就要大打折扣了。可是按当时广播站的规定，每篇稿件被采用后只有5角的稿酬，难以吸引那些有写作能力的人。为此，宣传部专门开办了业余通讯员培训班，在各公社和县直各单位中培养一批勤写能写的业余通讯员，为县里做新闻报道工作，同时也为广播站写稿。

记得1978年年初，宣传部与商业局联合办了一期商业系统的通讯员培训班，当时县五金公司推荐了我去学习。经过10多天的培训，结业后我开始撰写新闻稿件，成了一名业余通讯员，隔三岔五就向广播站投稿。初时，我的文字基

这张80年代初我（右一）与周作谋（中）的合照我一直保存着，它记录着那段我为写稿着迷的时光

础差，稿件也写得不好，但我有兴趣，而且有恒心，一写就是10年，水平逐步提高。每当写好稿件，我不但投到县里的广播站，而且其他媒体投得也不少。那些稿件里，县广播站录用的有八九十篇，广西电台录用的有10多篇，《广西日报》录用的“豆腐块”稿件也有10来篇，甚至《人民日报》也用过我的稿件，不过只有一次。

总之，那时我写新闻稿是写上瘾了，对广播站也有一种特殊的感情，甚至和那里的编辑成了好友。他叫周作谋，文字功底很深，修改稿件的水平也很高。他与县委宣传部的宣传干事、当时《广西日报》的通讯员周日谋，被人们称为县里的“两支笔”：周日谋写的文章常常在县广播站播出，也时不时在《广西日报》登出；周作谋每天为广播站修改新闻稿件，让县里的千家万户都能收听到文从字顺的党和政府的声音。两人同姓又同乡，不“谋”而合，共同为县里的宣传工作做贡献。

文化馆

文艺大咖开班授徒

对于文化馆，也许很多人不熟悉，因为城市里都看不到它的身影，只有县城里才能看到。它是县级的群众文化事业单位，已经有几十年的历史了，在繁荣群众文化、建设社会主义先进文化方面发挥了重要作用。如今，我国已全面建成小康社会，实现了第一个百年奋斗目标，正乘势而上，开启新征程，意气风发地向着全面建成社会主义现代化强国的第二个百年奋斗目标迈进。在这样的背景下，文化馆在文化建设中的地位和作用就更为突出、更为重要了。七八十年代，家乡博白县城的文化馆在丰富群众文化生活上，也起到过重要作用。

先说改革开放前的文化馆。那时的文化馆设在新兴街——县城最古老的街道，馆里有一座老楼，楼的四周都是平房。这座老楼高三层，楼顶设计独特，整体外观虽然旧，但很大方，有一种老建筑的韵味，与周边的房屋有明显的差别。文化馆虽然不大，但人才济济，是文艺人士集聚度最高的单位，各种艺术门类都有一两个人才。馆里从简从精设有图书组、博物组、美术组、文艺组和活动组，几乎涵盖了现在县级图书馆、博物馆、美术馆和文化馆的工作范围。

那个时候县城并不大，交通也不发达，只有一条老旧的公路通向县外，北可上玉林、南宁，南可去北海、广东湛江和海南。因为没有旅游景点，来博白的人并不多，都是本地人来来往往。加之那时县城没有剧场和戏院，只有一个人民电影院（白州电影院是后来建的），群众的文化生活比较单调，平时只能看看电影，听听收音机和广播站的广播。再有就是每隔一两个月，县文艺队和杂技团会在人民会堂演出，丰富群众的文化生活。每到那时，大家就会蜂拥而至。至于电视，那时别说彩色电视机，就是黑白电视机也很少有。如果哪个单位买了一台，大家就会争先恐后地去看，一到晚上

7点电视室里就坐满了人，来迟的只能在后面站着看。

在那个年代，群众性的唱歌、跳舞等活动还未形成风气，不过跑步、打球等锻炼已蔚然成风。作为群众性文化活动单位，文化馆也针对群众和学生的爱好，举办了书法、绘画、文学、艺术等兴趣班，并配了10来个馆员。我记得那时的馆长是李增霆，馆员我也认识几个，有教绘画的刘德龙，教摄影和书法的苏方泽，还有教小提琴的高老师。当时的李馆长在县城很有名气，他的专业是油画，家住东圩头，有一栋两层的楼房，常常有人去那里找他帮忙画画。他带着馆里几个爱好绘画的小学生，还常常在工作之余指点他们，都是免费的。高老师带了几个爱好小提琴的小学生，除了白天授课，晚上也上门指导。再说苏方泽，不但人长得帅，书法也写得很好，平时在馆里办钢笔字、毛笔字培训班，教小学生练习写字，有空了就游游县城、拍拍照，每年办一次摄影展。

改革开放以后，文化馆就更活跃了，作用也更突出了。文化馆的管理者为了改善人民群众文化生活单调的情况，先是把馆门口的房屋出租，鼓励个体户开了县城的第一家录像厅，然后还在馆里办起了唱歌、跳舞的培训班，请县直各单位的文艺骨干来学习，为的是让他们回去后带动单位职工开展文艺活动。经过文化馆的努力，县城群众的文艺活动逐渐多了起来，文化生活日益丰富。

第二篇

老城生活回忆多

七八十年代的小城博白，承载了一代人的旧日生活回忆，真切而厚重。

“三票一房”

粮票

买粮两件套，粮本和粮票

自从实行家庭联产承包责任制后，农民种田的积极性得到了激发，加之科技水平的不断提高，粮食连年增产，人们早已不需要凭粮票买粮。现在，粮票已成了收藏品，大大升值，不亚于邮票，毕竟它是40多年前“凭票吃饭”时代的物证。我虽经历了那个时代，却是一张粮票也没有留下来，只剩脑海中的记忆了。

那时候，国家正处于粮食紧缺时期，为保稳定，粮油实行“统购统销”的政策，由粮食部门统一经营。对于非农业人口的城镇居民，口粮分等级定量供应，每家每户都发一本粮本[①]，同时发行粮票，人们要持粮本和粮票到指定的粮店，才能买到规定品种的粮食和食用油。粮食的定量供应因年龄、工种而异，每人每月的供应量大致如下：1岁以下8斤，每大1岁增加1斤，最高增至27斤；一般居民27斤，干部27斤，一般职工30斤；一般体力劳动者35斤，特重体力劳动者45斤。食用油也实行定量供应，每人每月半斤。定量的口粮中还会搭配一定比例的粗粮，如玉米面等。

那时发行的粮票分为全国粮票、省粮票和地方粮票三种，面值有一两、二两、五两，以及一斤、两斤、五斤等。粮票虽是一种无价证券，但在当时有“第二货币”之称。城镇居民到粮店买粮，到餐馆吃饭，都必须凭粮票或购粮券[②]，光有钱是不行的，所以干部职工去外地出差都要带上粮票。领取出差用的粮票，首先需要工作单位开介绍信，然后拿着介绍信到粮食局写批条，有了批条才能到粮管所领取粮票。所以每次我要出差到外地，都要预先领好粮票，否则出差就吃不上饭了。

当时博白县城有一个城区粮管所，在新码头路的西面。

---

① 粮本即城镇居民粮油供应证，是我国计划经济时期，国家为保证非农业人口的粮食供给而为每户配发的粮食和食用油定额本。

② 购粮券与粮票的作用相似，但它是一种地点固定的粮食分配券，根据户口本上的户口人数及性别、年龄来核定每个人的购粮标准。

粮票是20世纪50—80年代，中国在特定经济时期发放的一种购粮凭证。那时候，必须凭粮票才能购买粮食。现如今，它已成为收藏者的新宠

粮管所的规模可不小，有很多粮食仓库，一个粮食加工厂，还有一个粮油门市部，实行收购、储存、加工、销售、办证、发粮票一条龙服务，全所职工有五六十人。在我的印象中，城区粮管所的粮油门市部是每家每户每月都要去的地方。县城里的居民每月领到工资后，必然要先看看家里的米缸，如果没米了就要赶紧买回来，买米自然就要到门市部。门市部每天早上9点开始营业，下午5点半关门。营业期间，来买

米的人络绎不绝，有时还要排队等候。那时，我家的粮本都是爱人在管，米大多也是她去买，有时她没时间就会让我去买。买米时，我先拿出粮本给粮店的开票员，确认粮本上有定额供应指标，开票员就开票收钱，然后我凭票去称米。

粮票是计划经济时代的产物，虽然已是久远的记忆，但也希望年轻人多多了解，珍惜现在的幸福生活。

肉票

县城“第一票”，买肥不爱瘦

市场经济形势下，养猪已成了当代农民增收致富的一种产业。农村里，工厂化养猪和家庭养猪齐头并进，生猪稳产保供能力持续提升之后，猪肉就不难买到了，价格也很便宜，遇到“烂市”时还要担心卖不出去。更有甚者，现在的城里人把吃猪肉看作是健康的负担，吃白肉、吃素才是时尚。回想七八十年代，我的家乡博白县城，猪肉可是饭桌上的“王中王”，人们为了吃上一口猪肉，往往要企盼好久，吃过之后还会回味好几天那幸福的“肉味”。那时候，县城的干部、职工和居民，每人每月只有3斤猪肉和半斤油的定额口粮。3斤肉由县食品公司供应，半斤油凭粮本到城区粮管所购买。要说这猪肉是怎样供应的，那就不得不提到肉票了。

那时县食品公司归商业局管理，主要职能有两项：一项是贯彻执行国家的生猪“购一留一”政策，即农民养的猪，向国家交售一头后，才允许自宰一头上市卖，如果出现私宰行为将受到处理；另一项是负责猪肉的供应，建立一套肉票管理办法，印制全县城统一使用的肉票。县食品公司下属的各公社都设有食品站，具体负责所在公社生猪的收购和猪肉供应，收购的生猪要按计划调到县食品公司。食品公司在县城建有一个大型的生猪屠宰场和几个猪肉供应点，每个供应点都安排有食品公司的职工卖猪肉，同时还配有一个肉票管理员。县城的居民，要将户口本交到单位总务处，由总务处统一到食品公司肉票管理员那里领取肉票，然后分到各家各户，大家再凭肉票到食品公司的供应点去购买猪肉。

记得食品公司的第一任肉票管理员是刘继兴，我很少接触。后来换成了陈基福，恰逢我调到了商业局的业务股工作，因为商业局业务股与食品公司业务组是上下级的关系，而肉票管理员又由业务组管理，我就这样与陈基福熟识了起来，也从他那里了解到很多肉票管理和猪肉供应方面的事。那时的肉票在县城无人不知、无人不晓，每家每户都把肉票看得很重，因为那时每人每月只有半斤油，根本不能满足身体的需求，只有靠3斤猪肉来补充，所以人们一领到肉票，就会迫不及待地到猪肉供应点去购买。当年大家买猪肉时，不像现在专挑瘦的来买，而是尽量多买些肥肉，这样就可煎些油来炒菜，补充油水。

那时县城有两个地方特别热闹，一个是肉票管理员的办公室，另一个是猪肉供应点。肉票管理员的办公室从早到晚都有一堆人排队等候领取肉票，来排队的都是各单位的总务和一些想走后门多领些肉票的人。那时的肉票已超越了自行车票、缝纫机票和布票，成为县城的“第一票”。而商业局业务股作为上级业务主管部门，对肉票也有审批权，但我从不敢乱写批条乱盖章，除非遇到一些特殊情况，比如县直的一些单位开会需要增加猪肉供应，经局领导同意后，我才写批条盖章。

再说猪肉供应点。每天早上五六点钟就会有人到供应点来排队，为的是买到称心如意的猪肉。很多时候，为了买几两猪肉，往往要排上半个钟头，与现在相比，那个年代吃肉真是太不容易了。

布票

买衣无路，买布有门

时代的变迁改变着人们的衣食住行，回想七八十年代，物资匮乏，关系到民生的商品都要按计划凭票供应，票证就是那时候生活的通行证。现在买衣服很方便，大街小巷、线上线下，准备好钞票就行，不需要什么票证，但那时候大家的衣服大多是买了布自己做的，而买布就需要布票了。

那个年代，我恰好在家乡博白县的商业局工作，所以对于布票的管理也略有了解。当时县城的布票统一由百货公司管理和发放，百货公司是商业局的下属单位，经营棉布、成衣、床上用品等纺织品，有批发，也有零售。百货公司按照每人每年1丈2尺布的定量，统计好全县的数据后上报到自治区商业厅，自治区商业厅按数据统一印制布票后下发至百货公司，百货公司再根据各公社的人口数把这些布票下发到各供销社，然后经过层层分配，发到每家每户，这样人们就能凭布票到供销社或百货公司布匹门市部购买棉布了。

当时百货公司的布票管理员是黄端惠，每年年初她都得加班加点发放布票，为的是让家家户户能及时领到布票，好做件新衣服过年。这之后，她还要清点收回来的布票，监督工人把这些布票打包成捆，运到指定的八廊农场纸厂，并确认布票被打成纸浆后才能离开。我当时作为商业局业务股派出的布票销毁现场监督员，曾多次监督布票的销毁工作，每次都要在销毁单上签字确认。

为什么那时候布票这么重要呢？主要原因是那个年代人口多，耕地有限，在“以粮为纲”的基本国策下，棉花的种植必然要让位于粮食生产。为了解决棉花少、纺织品供应不足的问题，国家从50年代起就开始发放布票，按计划定量供应。各种布料、成衣、床上用品以及其他纺织品都要凭布票购买。“新三年，旧三年，缝缝补补又三年”，是那个年代人们的穿衣习惯。穿带补丁的衣裤、戴保护衣袖的袖套，是那个年代实用主义审美观的特征。一张小小的布票，影响着人们的审美观。

那时县城的商场、商店里很少有成衣售卖，加之人们的收入普遍不高，所以大多数人都是买棉布自己做衣服。买布就需要布票，但一人一年的布票才1丈2尺，还不够做一套衣服的。为了能做上一套衣服，家境富裕的会花钱买黑市的布票，家境不好的只能买“回纺布”。回纺布就是将破布用机器绞碎，再重新纺成纱、织成布。回纺布不需要布票，但用它做成的衣服不结实，稍一用力衣服就容易扯开个大口子，搞不好还会走光。

1976年后，国家为了让老百姓穿得好、穿得暖，大量生产化纤布料，引发了国人在穿衣上的革命。当时各地的工厂都开足马力大量生产的确良[①]布料。的确良布料是不需要凭票购买的，所以不久之后它就开始走俏，并受到年轻人的追捧，即使价格比棉布高，也阻挡不了它发展的势头。1983年12月之后，国家逐步开始取消布票，纺织品实行敞开供应，布票便退出了历史舞台。

单位住房

找工作，送房子

现在的单位住房制度早已改革，不论是行政机关还是企事业单位，新进员工都要自行解决住房问题，单位不再统一安排，但增加了一项住房公积金的补贴，有能力的可以自己买房，暂时没有能力的就租房。

回想七八十年代，单位只要新进了员工，首先就要考虑新员工的住房问题。房子多的单位可以给每人安排一间，房子少的起码也会安排个床位，住集体宿舍。员工如果结了婚，妻子在农村的就叫“单职工”，单位不管住房怎样困难，

① 的确良是一种合成纤维织物，通常被称作涤纶。

都会想办法为单职工安排一个单独的房间，但不会安排厨房。夫妻双方都是单位职工的，住房待遇就更好了，结婚时单位会先给安排一间住房，有了孩子后还可以再申请增加一间住房和一间厨房。总之，在单位里上班不需要担心住房的问题，单位会按规定统一安排。

我是1976年12月到县五金公司参加工作的，报到当天，单位就把我安排到了五金大楼三楼的宿舍，与县篮球队的李宏胜同住一间房。宿舍里，床是单位配好的，但被子和蚊帐得自己买，水电费两人均摊，每月在各自的工资里扣除。当时的五金大楼刚建好，有“县城第一楼”之称，一、二层是五金交电商场和办公室，三、四层是职工宿舍，五层是会议室。我住进五金大楼后，很珍惜这份福利，除了积极工作，也常做一些其他的工作。比如看到大楼的公共楼梯无人打扫，我就当起了义务清洁工，每天早上上班前主动去打扫，从五楼扫到一楼。有时三楼宿舍的公用卫生间脏了，我也会去刷一刷、扫一扫。

1978年8月，我调到了商业局工作，报到的第二天，局里就给我安排了一间住房，面积大约20平方米，房间在三楼。当时商业局的住房比较宽裕，我住的三楼还有几间空房，百货公司知道后，就请求局里安排3间给百货公司的职工住。作为百货公司的上级，局里二话不说就答应了。

1984年，我和爱人有了小孩后，需要母亲从农村搬过来帮忙照看，原来的一间房住不下了，于是我就向局里申请增加一间住房和一间厨房，一个月后就解决了。从此以后，我们一家人就在商业局大院居住，一住就是七八年。

小孩上幼儿园后，商业局在县城另建了一栋新楼，于是又给我安排了一个套间，条件比原来好多了，对面就是商业幼儿园，小孩上幼儿园很方便，我们住着也很舒服。这都是那时候单位带来的住房福利啊！

“三农一器”

菜农

闹市里的农民

“青龙过海”是博白的一道名菜，主要食材是博白的土特产——蕹菜[①]。如今博白蕹菜的知名度越来越高，销量也越来越大，进了首府南宁，成了南宁人的家常菜，甚至销往区外。博白蕹菜的历史由来已久，我只说说70年代中后期，在博白城郊种蕹菜的农民，也就是菜农。

那时候，农村实行人民公社体制，人民公社下辖生产大队，生产大队下划分生产队。博白县城及周边由博白镇和城厢公社两个乡镇政府管理，县城中心地带归博白镇管理，周

① 蕹菜，多栽培于中国中部及南部各地区，北方较少，因其茎中空，所以也叫空心菜。

边和东面归城厢公社管理，蕹菜的主要产地集中在博白镇城郊大队的管辖范围内，还有一小部分在城厢公社的管辖范围内。那时的城郊大队设在县城的中心位置（即电业公司对面），建有一栋两层高的楼，出入很方便，来往的人很多，上级领导常常到这里来检查工作，因为它牵涉县城一两万人每天的吃菜问题。城郊大队虽建制不算大，但地位很重要，大队管理着县城附近的饮马江、东圩塘、南门塘、张屋和李屋等生产队，这些生产队都以种蕹菜为主。队里通过种蕹菜取得经济收入，并按劳动的工分把卖蕹菜的钱分配到户——这就是那个年代特殊的农民——菜农。

那时的菜农虽然居住在闹市，但由于是农业户口，与非农业户口的县城职工在生活上还是有差别的。但菜农并不在意，一心只为革命种好菜。那时蕹菜的种植范围并不大，只在县城周边一公里内，超出这个范围不是不能种，而是种出的蕹菜质量跟不上，口感不太好。没有好的水土就无法种出好的蕹菜，这也是为什么一两百年来博白蕹菜不能发展到全县各乡镇的原因。

那时城郊大队下的各生产队种蕹菜，用的是老祖宗传下来的种法，有专门的蕹菜田，施专门的农家肥，不像现在施的都是化肥。菜农们每年春节后就开始播种、育苗，待蕹菜苗生长到一定高度后就种到田里，3月即可采摘上市，一直可采摘至当年的10月。

每到蕹菜的采摘季节，生产队队长5点钟就会挨家挨户叫醒菜农，催促他们下田摘菜。菜农们会戴上斗笠，拿上防风的走马灯，挑着担下到田里摘蕹菜。他们得在黑暗中小心地采摘，而且速度不能慢，要赶在天蒙蒙亮时采摘好一整担的蕹菜，再挑到菜市去摆卖。因为这个时候正是县城的干部职工上班前买菜的时间，一些菜贩子也会在这个时候把菜买好，通过客运班车发往外地。如果错过了这个最佳时间段，旺市就过了，上午基本就不会有人来买了。等到中午，蕹菜的成色就会变差，价格也会下降，甚至卖不出去。

那时候，县城最好的蕹菜田里种出来的蕹菜既清秀又脆嫩，茎是大的，叶子很少，采摘时还会发出清脆的声音。菜农卖蕹菜时，过秤前都用一根稻草扎好，一把把蕹菜既整齐又美观。后来，这些蕹菜田都被征用了，菜农们只好向县城的周边扩种。虽然种植面积扩大了，产量也提高了，品质却无法与当年相提并论。

化肥和农药

如今限用，旧时限购

社会的发展，科技的进步，让人们越来越关心健康问题。2015年以来，我国开展化肥农药使用量零增长行动，着力推进农业绿色发展。如今人们是尽量少用或不用化肥和农药，曾经这两样事物却是很难求的。

以前老家的生产队种地时，最头疼的问题就是病虫害的防治。那时候只能用土办法，不是人工捕捉，就是撒草木灰、烟骨灰[①]，甚至石灰和硫黄的混合剂。这些土办法虽有一些效果，但并不明显。再说肥料。以前都是农家肥，用人粪、畜禽粪、塘泥、草皮泥、草木灰等混合后沤制而成，工序复杂还恶臭难闻。记得在老家的生产队用上化肥和农药之前的两三年，大家就听说中国出现了两种神奇的东西——肥效很高的化肥和杀虫效果很好的农药，还听说用上之后就能大大提高粮食亩产，解决吃饭难的问题。于是大家盼了又盼，等了又等，把希望都寄托在化肥和农药上。

到了70年代初，生产队盼望已久的化肥和农药终于来了！队员们听说供销社有卖后，都迫不及待地赶去买，买到

---

① 晒烟叶时，剥了叶子后剩的茎条，经过火烧后产生的灰即为烟骨灰。这种灰又苦又辣，能灭虫。

后就赶紧用上。那时我正在老家的小学读五年级，放假了会在农忙时参加生产队的插田、耘田、割禾[①]等劳动，为家里挣工分。在耘田之前一般要先撒化肥。撒化肥时，农民们手捧一个面盆，在田间边走边撒，动作要快，化肥要撒得分散，撒得均匀。撒完化肥后要马上耘田，耘完田后才喷农药。我在耘完田后，常常能看见生产队的农业技术员（那时也叫植保员）戴着口罩，身上背一个手摇的喷雾器，左手上下摇动，右手拿着一个长长的喷头，在田间走来走去给禾苗喷农药。每当此时我都会走得很远，因为农药的气味太难闻了，有些人闻了以后还会呕吐。母亲也对我说过："农药有毒，不要靠近！"

我再说说化肥和农药的经营。那时在县城里设有一个生产资料公司，简称生资公司，专门负责全县化肥和农药的采购与销售，还实行专营的管理体制，其他任何单位和个人都不能售卖。生资公司地处新码头路，在水电局旁边，归县供销社管理，没有下设机构，所经营的化肥和农药批发到各乡镇供销社后，由供销社按下属生产队的人口数量和田地面积，制定好分配表，再向生产队供应。那时候去供销社买化

---

① 插田即插秧。耘田是指在秧苗还小的时候，用脚有规律地将旁边的小草踩到泥土中，后期秧苗长大后，只需要将高于水稻的顽草拔掉就可以了。割禾是指在农作物的丰收期，将庄稼的茎秆切割下来，以便脱下谷粒。

肥和农药，不但要排队，还不能多买，不能超过供销社分配表中的数量。

那时生资公司经营的化肥有氮肥、磷肥、钾肥三大类，其中钾肥的占比最低。具体来说，氮肥中尿素占比最高，磷肥中磷酸铵占比最高，钾肥中氯化钾占比最高。生资公司经营的农药也有二三十种，初期只有六六六和滴滴涕，后来增加了敌百虫、敌敌畏、乐果、1605等，再后来又增加了甲胺磷、稻脚青、稻瘟净等。在我的印象中，70年代末80年代初，化肥比农药紧缺。那时农村的责任田分到了各家各户，极大地调动了农民的积极性，大家都在想办法多产粮，而化肥最能助力增产，于是就出现了抢购化肥的现象。

记得1982年之前，母亲还在农村生活，家里也有两三亩田地需要打理。因为我在县城上班无法帮忙耕种，所以只能想办法买些化肥回家，尽儿子的一点责任。到了80年代中期，家里买了一辆汽车跑货运，平时由我兼职负责找货源、当调度。没有其他生意时，我就会与生资公司联系，给他们运化肥。那时生资公司的进口化肥需要到北海港或是湛江港提货，再运回博白。因为距离远，接下一单运化肥的生意也有不少利润。但这生意不常有，一般每年只有两三次，毕竟进口化肥需要外汇，还受进口指标的限制，这也是当时化肥紧缺的原因之一。

农机

雨足高田白，农机来帮忙

“农业的根本出路在于机械化”，这是毛泽东在1959年4月提出的著名论断。如今，中国农业生产已进入了机械化主导的新阶段，主要粮食作物耕种收综合机械化率均超过70%，机械化的“触手”也已遍及畜牧业、水产业、林果业，以及农产品初加工等富农产业，这些都得益于国家的扶农助农政策。借着这个话题，我来写写七八十年代家乡博白县的农机。

要理清楚那个时代的农机发展，必须分两个阶段来说：第一个阶段是农机出现之前，第二个阶段是农机出现之后。

先说说农机出现之前，也就是70年代初。当时我还在乡下老家读书，常常看到我们民丰大队耕种田地。那时整个民丰大队都是面朝黄土背朝天的传统耕种方式，每家每户几把铁锹铁铲铁锄头，每个生产队几把犁耙几头耕牛，耕种田地全靠人力和牛力，农忙时总是夜以继日，披星戴月，正是“雨足高田白，披蓑半夜耕”的真实写照。

到了70年代中期，柴油机、粉碎机和碾米机出现了。当时县里派来了工作队帮助我们老屋村生产队发展副业——搞养猪场，借着这个机会，我们生产队向有关部门申请了批条，买到了一台柴油机和一台粉碎机，用来粉碎稻草作饲料喂猪，同时也能为各家各户粉碎木薯片、玉米等农作物。随后盘古岭生产队也买了一台碾米机，方便了十里八村的农民碾米，让脚力和水力碾米成为历史。1974年夏，民丰大队认为农机时代即将到来，于是发动各生产队在原来坑坑洼洼的小路上扩修，修出了一条又宽又长的机耕路，从博龙公路旁的太阳庙一直通到大队下辖的塘底岭生产队。1974年年底，机耕路完工了，大队买了一台中型拖拉机，下面的两三个生产队也接连买了几台手扶拖拉机，宣告了农机时代的到来。

再说说县城。县里也认为农机化时代很快就要到来，早在60年代末70年代初就行动起来，先后成立了县农机局、农机公司、农机学校和农机一厂、二厂、三厂，并进行了明确的分工，让它们各负其责。农机局负责管理农机的行政事务，与各乡镇的农机站配合，上下联动，把全县的农机行政工作做好；农机公司负责农机和农机配件的采购与供应，方便农民购买；农机学校负责全县拖拉机驾驶员的培训，学校设在五里庙，配备一个四五千平方米的教练场，配有专门的教练、教练机及吃住的各种设施，为学员随到随学提供方便；农机一、二、三厂也有明确的分工，农机一厂负责生产农村紧缺的碾米机，农机二厂负责拖拉机的维修，农机三厂负责生产配件。

在这些农机单位中，我对农机一厂比较熟悉，80年代中期还常常到厂里办事。一来是因为有个好友在厂里当工人，去了可以找他聊聊天；二来是因为当时家里在做汽车货运生意，货源少时会去厂里了解有没有绿珠牌碾米机需要发往外地，有的话就可以做笔生意。那时，农机一厂是县里的重点工业企业，规模不小，位置也相当好，近县城，交通和生活都很方便，比很多厂、很多公司都强。我那个好友复员后，能被安排进一厂当工人，也算是端上了铁饭碗，所以他心满意足。

计量器具

计量生活，计量文化

计量器具，看似不起眼，却不简单。经商买卖、量体裁衣、盖房建楼、丈量土地，甚至煮饭炒菜，都需要它的帮忙。具体来说，计量器具包括电子计算器、电子秤、皮卷尺、钢卷尺、量筒和量杯等。在中国，计量器具的使用源远流长。古时候，它被称为度量衡：度是计量长短，量是计量容积，衡是计量轻重。在几千年的社会实践中，我们的祖先逐步发明了各种计量器具，并完善、统一、规范了度量衡的标准。可以这么说，计量器具随着人类的生产、交易活动而产生，它的发展真实地映射出人类文明发展的过程。借这个话题，我来回忆一下七八十年代，博白民间及商业部门使用的计量器具。

严格说来，计量分计算和量度两大部分，计算是社会活动的基础，而量度则是计算的依据。

先说说计算吧。1976年年末，我开始在博白县城的五金公司工作，是门市部的售货员。那时没有计算器，售货员计算应收款项时都是用算盘，所以每个售货员都要掌握这项技能，否则就不能上岗。为了让售货员都能熟练地打算盘，公司经常组织员工练习，商业局每年还会举办一次全系统的业务技能大比赛，打算盘是比赛的重头戏，能获得前三名的都有奖励，也有奖金。

再说说量度。量度俗称测量，最基本的项目是长度、重量和时间，其中城乡居民接触最多、运用最频繁的是重量这个项目。在我的记忆中，70年代初，我在乡下老家上小学时，生产队里每逢分稻谷、红薯或芋头，都会用到一杆长长的大木秤；大队代销店里卖散装粗盐时，用的则是一杆小秤。这小秤由秤杆（带秤星）、秤砣和秤钩等部分组成。按计量技术部门的解释，秤杆叫“衡”，秤杆上的刻度就是秤星。在众多秤星中有一颗“星”格外重要，那就是定盘星。

在秤钩不挂任何物品的情况下将秤砣放到定盘星的位置，如秤杆能保持平衡，那么这杆秤就是准的。秤的各个部分中最有意思的是秤砣，古时叫“权”，因秤砣在计量过程中位置是不断变化的，后来“权”就引申为“变通”的意思，所以就有了“权宜之计”的说法。“半斤八两”这个词也与秤有关。记得那时大队代销店里使用的秤，不是十两秤，而是十六两秤，即十六两为一斤，所以半斤就是八两，“半斤八两”就是彼此相当、不相上下的意思。所以说小小的一杆秤，也蕴含了深厚的文化。

到县城的五金公司工作后，我还接触到了磅秤和台秤。在大多数的五金门市部里，都配有一把磅秤和一个台秤，售货员会根据货物的数量和轻重来选择使用。比如，卖小铁钉用台秤，卖成捆的铁线用磅秤。这些大大小小的秤都由县五金公司经营，供销社需要进货时就到公司批发部批发，单位和个人需要置备时则去五金门市部购买。

如果不需要很精确地测量重量，就可以使用米筒这种简易的计量器具。那个时候，乡下的老家贫穷落后，生产队分给每家每户的粮食总是不够，于是每次煮饭、煮粥时都得定量下米，定量的方式不是过秤，而是用一种特制的竹米筒。我家就有两个这样的竹米筒，一个是一斤筒，另一个是一两筒。每次用这两个米筒定量下米时，先把筒装满米，然后再

母亲保存了40余年的木尺，量出了一家人的衣服，见证了一家人的穿衣

用手拨平，就能得到一斤或一两米，操作简单又方便。

除了测量重量的计量器具，比较常用的还有测量长度的各种尺子。那个年代，县城百货公司布匹门店的售货员卖布时用的是木尺，他们会一尺一尺地量，动作娴熟，量得也准。说起这木尺，大都是用竹片或木片抛光后，刻上刻度，刷上清漆后制成的，横截面呈圆弧形，长为一尺，宽约一寸，共分十格，一格一寸，如今我还收藏了一把这样的木尺。记忆中，那时的尺子还有裁缝师傅给顾客量体裁衣时用的柔软的皮尺、木匠师傅做木工时用的带尺寸刻度的角尺等。

记得那时县里有个计量所，专门负责检查和监督计量器具的使用情况。所里的技术员常常到商店和市场去检查，如果发现计量器具不准确，就帮忙调整；如果发现商家有意克扣顾客，就对其进行警告甚至处罚。后来计量所不断发展壮大，就成了现在大家熟悉的质量技术监督局。

“三转一响”

自行车

车链转出的商机

新中国成立以来，各行各业都发生了翻天覆地的变化，人们的吃穿住行也不例外，特别是出门的代步工具，不断地变换，先是自行车，后来换成了摩托车，而现在已是地铁、小汽车、电瓶车的天下。如今骑自行车的人相比以前少了很多，人们更多的是把它当作一种锻炼的方式。但在七八十年代，在我的家乡博白县城里，自行车发展正当时。

那时候正是自行车发展的鼎盛时期，它不但方便了人们的出行，也牵动着各行各业的发展，影响不小。我是1976年从农村到县城参加工作的，第一个工作单位正是经营自行车和零配件的五金公司。公司不但经营自行车的批发业务，也经营零售专柜（相当于门市部），批发的对象是各乡镇供销社，零售的对象是广大群众。当时的自行车有三大名牌——凤凰牌、永久牌和飞鸽牌，当然还有五羊、红棉等其他品牌。名牌自行车比较紧缺，需要按计划分配到各乡镇供销社和县城各单位，其他品牌则货源充足、敞开供应，随时都可以到五金大楼的交通专柜购买。

在那个年代，自行车是县城干部职工和居民的生活必需品，虽不是人手一辆，但几乎每个家庭都有，多的两三辆，少的也有一辆。那时县城虽然不大，但靠步行还是有点费劲的，骑自行车不但速度快，而且费力少，特别是上下班、买菜、接小孩什么的，那真是又快又省力。此外，那时县城到乡下还没有通公路，也没有通班车，自行车就成了城里人回乡下的首选，骑上车随时都可以出发。正是由于自行车的方便与实用，所以它成了那个年代的热销商品，人们买不到名牌时，其他牌子的也会买。

不但个人买，单位也会买一些自行车作为“公车”，配给那些经常外出办事的职工使用。记得我在商业局工作时，由于经常要送文件到下属各公司，所以每天都会用到“公车”。车虽然不是新车，也不是名牌，但真的很方便。一些干部下乡也是骑的“公车”。那时由于自行车太多，为了避免大家乱停乱放，派出所在一些繁华地段设立了自行车管理员，每次停车收一分钱。此外还加强了对自行车的管理，要求购车人凭发票到派出所办理入户手续，给每辆车编上号、挂上牌，并在车架凿上号码，方便车子丢失后找回。

自行车多了，修理业也随之红火起来。县城的每条街上都有修理自行车的店铺，店铺有大有小，大的有五六个修理师傅，小的也有一两个，每天只要一开门，生意就不断，不是补胎、充气，就是修轴承、换链条等。

提到换链条，其中也有故事。那时候，人们买自行车除了追求名牌，还喜欢配个大链包。大链包不但美观大方，还可以防止链条夹到裤脚，特别是女士穿裙子骑车时，大链包更是必不可少。但新买的自行车不一定都配有大链包，所以很多人买车后会另外买来装上，这样，大链包也紧缺了起来。县农机三厂看准了这个商机，在70年代末就把生产农机配件改为生产大链包，厂名也改为自行车零配件厂。由于厂里生产的大链包质量好，还被上海凤凰牌自行车厂看中，列为定点配件厂。从此以后，博白自行车零配件厂在上海也站稳了脚跟，并借凤凰的牌子把生意越做越大，成为县里响当当的企业。

缝纫机

女人们最大的心愿

转眼间，我与爱人结婚已有40余年。这40多年间，我们在博白县城相识、相知、结婚、生子，一起从县城调上南宁，又在南宁工作和生活了近30年，其间搬了好几次家。当年的结婚纪念物，现在还留着的，除了一块老手表，就只有一台缝纫机了。这台缝纫机也算与我们有缘分，10多年前因为搬家，爱人曾想当废铁卖掉，只因收废旧的出价太低，最后没有卖成。如今想来，能留下这个老物件，真是太有意义了。这不仅是我们的结婚纪念物，更是一个时代的物证，记录了时代的发展。

七八十年代，缝纫机也叫衣车，与自行车一样，是每家每户的“刚需”。自行车是代步的交通工具，缝纫机是做衣服和缝缝补补的生活用具。那时候是计划经济时代，从县城的百货公司到乡镇的供销社，商场、商店里卖的都是布匹，几乎看不到成衣，人们穿的衣服都是买布料自己做或是拿给裁缝店做的。做衣服的布料还要凭布票买，想做一身衣服要积攒很久的布票，所以大人的衣服都是能穿就穿，破了就补，补不了就卖，也能换回点钱。小孩的衣服也是如此，不合身的就改，小了穿不了的，弟弟妹妹接着穿。大家的衣服

这台与我们颇有缘分的蝴蝶牌缝纫机，至今还保存在家里，机身上那只翩然的蝴蝶，见证了我们40余年的婚姻

都是“新三年，旧三年，缝缝补补又三年”地穿。不像现在，现成的衣服到处都有，不需要什么布票，只要有钱，线上线下随时可以买到。

在那个物资匮乏、缺衣少布的年代，自己家里有一台缝纫机，学会用它来做衣服和缝缝补补，是女人们最大的心愿。所以，不管是县城还是农村，女人们到了谈婚论嫁的时候，都会提出要有一台缝纫机，男方当然也乐意接受，还会千方百计地筹钱、搞批条，毕竟买到后将来能派上大用场。那时，缝纫机属于紧缺的工业品，县城只有百货公司在经营，品牌有上海产的蝴蝶牌、飞人牌和蜜蜂牌，以及广州产的华南牌等。这些名牌缝纫机一律按计划供应，每当玉林百货站有货拨下来，县百货公司就要做好供应计划。对农村，是按各乡镇的人口数量把缝纫机分配到各供销社；对县城，则是按职工数量把缝纫机供应票发到各单位，各单位再根据实际情况分配到个人，这样个人才能拿着供应票到百货公司门市部购买。

记得1982年春，我与爱人已办理了结婚登记手续，单位考虑到我们急需缝纫机，就优先把一张缝纫机供应票给了我。我拿到票后，兴冲冲地用平时攒下来的钱买了一台蝴蝶牌缝纫机。从此以后，爱人就用这台缝纫机给家里人做衣服和缝缝补补，再也不需要找裁缝师傅了。

到了80年代后期，由于市场经济的发展，商场里现成的服装越来越多，自己做衣服的越来越少，缝纫机也就慢慢退出了历史舞台，被放到了家里的小角落，收藏了起来。

手表

指针里的时间与情意

“时间能获得黄金，但黄金买不到时间。”可见时间的宝贵。如今随着手机的普及，很多人看时间已不再需要手表，手表更多地成为装饰品和收藏品。现在的手表，贵的几十万上百万元，便宜的几十元甚至十几元，种类也不少，有机械表、石英表、光波表，还有小孩戴着玩的电子表。

一直以来我都对手表情有独钟，每天出门除了手机，手表也是必带的，不是为了看时间，而是一种习惯和对一个朋友的怀念。这块手表是很多年前手表厂的一个好友送的，价格不贵，但情谊很重，所以我每天戴着，为的是记住这份珍贵的情意。除了它，家中的柜子里还收藏着一块上海牌手表，我也会时不时拿出来看看，回想40多年前买手表和戴手表的那些事。

在70年代末80年代初，手表、自行车和缝纫机是普通人家中的三大件，拥有这三大件就算富裕家庭了，尤其是手表。所以那时有些人就把手表当作谈婚论嫁的条件，有些女士还把手表当作定情信物送给心上人，寓意每分每秒都想在一起，时刻不分离。1980年年初，我在家乡博白的县商业局做打字员，由于任务重、工作忙，我经常加班加点，急需一块手表来掌握时间。那时手表是紧缺商品，只有百货大楼的钟表专柜才有卖，而且想要买到上海牌的“名牌表”，还必须有百货公司业务组的批条。于是我壮着胆，找到了时任业务组组长李志卿，说明情况后，他很爽快地给我写了一张批条。就这样，我如愿以偿地买到了一块上海牌手表，花掉了平时省吃俭用攒下来的100多元钱。自从有了手表后，不仅每天的心情更加愉悦了，而且对时间的安排也更加周密了，所以我觉得这钱花得很值。

说来也怪，明明是上海的名牌表，但用了一年后就不转了，我查不出原因，只好去找修表的师傅。当时县城除了百货大楼有修表点，街上也有很多手表修理店，就像现在的手机修理店一样。这是一个热门的行业，很赚钱，修表师傅只要坐在店里，就有人上门来修表。每当有人来修表，修表师傅就戴上一副有放大功能的眼镜，拧开表盖，用镊子拨弄一阵就能检查出问题，然后开始修理，长则个把小时，短则十多分钟就能修好。

这块上海牌手表，还有我现在戴的这块好友送的手表，伴我度过了漫长的时光，记录了我曾经的岁月。

收音机和电唱机

音乐发烧友必备

现实生活中，人各有爱，不同的人在不同的年龄段有不同的爱好。我年轻时，工作之余爱听歌、听音乐。现在退休了，空闲时间，总爱动动笔头，写写文章。写文章不但能锻炼大脑，还可以把往事记录下来，让年轻一代了解过去。

现在大家对收音机和电唱机都已经比较陌生了。我玩收音机和电唱机时还很年轻，大约是70年代末80年代初。我到县城的五金公司工作时，最初是想在五金大楼的电工专柜做个售货员，卖卖电工器材、收音机、黑白电视机、电唱机和唱片，一来可以在上班时听听音乐，二来可以增长些电器知识。但领导认为年轻人应该到最需要的地方去，就把我安排到了化工门市部。虽然没能如愿，但我还是对音响感兴趣，下班后总爱到电工专柜转转。那时电工专柜还没有录音机卖，收音机也不多，为了听音乐，我托熟人买了一个小小的台式收音机，还是当时的名牌——红灯牌。每到晚上，我就独自在房间里用它收听电台的音乐，有时放在床头，听着听着就睡着了，连机也忘了关。

这台收音机伴随我生活了一年多后，1978年8月，我调到商业局做打字员。那时我常常利用业余时间写新闻稿件，写好后就送到县广播站，一来二往，我就与站里的电工陈师傅熟悉了。陈师傅也喜欢听音乐，有一次我到他家做客，发现他有一台电唱机和一个自制的大音箱。出于好奇，我让他打开电唱机，让我听听音响效果。真是不听不知道，一听吓一跳，效果好得出奇，那音效跟电影院里的差不多，有回音，有低音，十分悦耳动听。回来后，我便开始捣鼓电唱机。

电唱机是那个年代的通俗叫法，其实就是留声机，是美国的爱迪生在1877年发明的，初时是手摇式的，后来发展为电动的。电唱机是一种原始的放音装置，圆盘状的唱片平面刻有弧形的槽，声音就储存在这里面。当唱片置于转台上，在唱针之下旋转时，声音就播放出来了。

搞清楚原理后，我就学着陈师傅，买了一台没有喇叭的盒式电唱机，又买了一台中型的台式红灯牌收音机与之搭配。之后我买了一些木板，画了一张图纸，请木工师傅按照两尺高、一尺半宽的规格做了一个大木箱，又买来一个大喇叭、电线和一些隔音的棉花，把这些安装在木箱里，一个

爱人正兴致勃勃地摆弄着桌面上的收音机，旁边是我自制的大音箱，只要按下开关，美妙的音乐便会悠然响起

大音箱就做好了。我迫不及待地将电唱机与自制的音箱连接好，放上唱片，放下唱针，美妙的音乐立刻随之而出，音响效果真是太棒了！

那时玩电唱机的人并不多，商业局大院里只有我一个人玩。每天早上我跑步回来后，第一件事就是打开电唱机，放上一张李谷一的唱片，整个大院都能听到她悠扬的歌声，大院里的男女老少都喜欢听。

时过境迁，随着科技的发展，播放设备早已从最早的留声机、收音机，发展到现在的手机、电脑等；扩音设备也从单纯的大喇叭，变成专业音响、蓝牙耳机等；存储设备则从原来的黑胶唱盘发展到 CD、U 盘。但我最怀念的，还是那段有收音机和电唱机陪伴的时光。

“三厅一室”

录像厅

旧时娱乐领头羊

如今，互联网联通世界，手机早已普及，家庭影院也不再稀罕，人们想看什么电影、电视，随时随地都能看，不需要去挤人头、凑热闹。时代的发展让人们的娱乐生活丰富而便利。

回想80年代初，正是改革开放伊始，在我的家乡博白县，人们的温饱问题刚解决，富裕还谈不上，但大家除了想赚钱，也想给生活增加点乐趣。那时电视还未普及，买台电视机还要找熟人、走后门，连县城都只有两个电影院，而且都是十天半个月才上映一部新片。富裕一点的家庭可以买个录音机听听歌，但没有图像始终不过瘾。一般的人家晚上就没有什么好去处了，至多到街上逛逛，看看热闹。这样，一些有经济头脑的人就想到了录像机，打起了开录像厅赚钱的主意。

初时县委也拿不定主意，毕竟没有个体户开录像厅的先例，后来区里下发了文件，县文化局才开始审批发证，个体户拿到证之后才能到工商局办理营业执照。开录像厅并不容易，开前要选择好地点，购置好播放的设备和供观众使用的凳子，还要考虑卫生、安全等问题，一切准备就绪后，经相关部门验收合格才能开业。

记得那时县城第一家录像厅的老板是一个姓朱的年轻人，他不但有胆量，也有眼光，选中了新兴街文化馆门口的几个铺面，面积有100多平方米，对面就是白州电影院，位置好，来往人多，出入也方便。果不其然，录像厅一开张，生意就火爆，场场都满座，不但白天营业，而且晚上也不休息，有时还通宵放个不停。因为新鲜，去录像厅看录像的观众有老有少，但大多还是年轻人。看到朱老板的生意这么好，一些人就坐不住了，纷纷跟着开起了录像厅。不到半年的时间，县城的录像厅就遍地开花，不论是大街的两边，还是小巷的深处，都能看到录像厅，这些录像厅丰富了县城人的业余生活。

当时的录像片内容各种各样，有打打杀杀的，也有谈情说爱的，还有一些灵异恐怖的，当然也不乏一些带有“泥沙杂质”的。为了吸引观众，录像厅都喜欢放连续剧，一放就是三五集，让你一次看个够。为了方便人们选片，录像厅一般都会在门口挂出一块小黑板，用粉笔写上当天播放的连续剧，按集收费。录像厅多了之后，竞争就激烈了，老板们也开始想办法吸引观众，送瓜子、茶水是一种手段，有些老板还冒险在夜深人静时偷放“垃圾片”。虽然文化局设有举报制度，也成立了一个稽查队，但还是难以完全扫清。

那时县城的文化市场很活跃，出现了“三厅一室”，即录像厅、桌球厅、舞厅和游戏室。录像厅作为“三厅一室”的领头羊，满足无数年轻人对娱乐的渴望。后来随着 VCD、DVD 的出现，录像厅就慢慢消失了，它的繁荣期也就持续了10年左右。

桌球厅

守得住，熬得夜，有钱赚

时代变，人们的兴趣爱好也随着变。互联网时代，手机游戏逐渐取代了一些休闲运动项目，桌球就是其中之一。说起桌球，按正规的说法，应该叫台球，是球类运动项目之一，但博白人习惯称之为桌球。运动者用球杆按照一定规则击打桌球台上的主球，使其撞击目标球，然后通过计算得分来确定比赛的胜负。桌球于20世纪初传入中国，流行于80年代中后期。那个时候，桌球厅遍布全国，大城小镇、大街小巷到处都是，但如今，即使走遍整条街也难找到一间，真是今非昔比。

桌球是20世纪80年代中期传入我的故乡博白县城的，具体时间应是1984年年初。当时县城的人们借着改革开放的热潮，纷纷下海经商，各部门也大力支持。工商局转变观念，大胆审批各类个体工商户营业执照，文化局也紧随其后，对申请开办录像厅、桌球厅和舞厅的个体户，只要符合条件的都开绿灯放行。于是，县城的“三厅”齐头并进，形成了兴办文化娱乐经营场所的热潮。桌球厅跟随录像厅的脚步，先舞厅一步兴起，因为它不需要投入很多资金，只要在街边用石棉瓦搭个雨棚，周边用蛇皮纤维布围起来，再拉上照明灯，摆上几张桌球台和座椅就可以开业了。

当时，县城最早出现桌球厅的地方，是新兴街白州电影院南面那一带的街边。简易搭建起来的桌球厅敞亮又通风，厅里摆有10多张桌球台。听说这桌球厅最初是由三四个老板共同投资建起来的，建好后，每个老板各自经营和管理几张桌球台，自负盈亏。这些桌球台都是到玉林市的专业市场买的，每张台贵的要1000元，便宜的也要八九百元，配两根杆。

桌球厅刚开业时，我还与两个朋友赶去凑热闹，打了一场，毕竟打桌球是件新鲜事，此前从未见过和玩过。很快，桌球厅就热闹了起来，县城里的人都纷纷来玩。这些桌球厅每天早上9点开始营业，直到晚上十一二点才关门，有时深更半夜也有人打，桌球发出的撞击声响个不停，附近居民受不了就起来叫停。那时的桌球厅老板为了多赚钱，不分日夜地守着桌球台。每天平均营业十五六个小时，一般都是按小时收费，每小时1.5元，这样每张台每天可以收入20多元，如果有4张台，每天就能有八九十元的收入。按当时的物价来说，这是一笔很可观的收入，除去场地租金、折旧和灯光费，也能赚不少，所以只要守得住，熬得夜，就有钱赚。

桌球厅的生意连续火爆了几个月，一些年轻人坐不住了，纷纷效仿。有些人为了节约成本，在家门口简单摆两三张桌球台就开业了。一时间桌球厅在全城遍地开花，短短一年时间，县城东西南北各路段都开满了桌球厅。打桌球的人也越来越多，从中学生到中年人，从待业青年到个体户，从单位职工到机关干部，倒是很少有女士来打。当时打桌球的人，大多数是贪新鲜、找乐子、比技巧、分高低，还有一些人利用桌球赌点小钱。

到了80年代后期，县城的桌球运动进入鼎盛时期，大家都开始向往更高端的桌球厅。那时文化大厦恰好建成开业，县城从此就有了一个比较高档的桌球厅。文化大厦的桌球厅环境清新，占了一整层楼，有三四百平方米，摆有10多张桌球台，周边配有舒适的座椅，还有个卖茶水的服务台。三五好友在这里相约，打球的可以尽情挥杆，看球的可以边看边喝茶，慢慢欣赏朋友的球技，很是惬意。

这些就是桌球鼎盛时期我的所见所闻，可惜现在很难再有这样的机会了。

舞厅

能舞，能吃，还能聊

当下的大街小巷，几乎看不到舞厅的身影了，反倒是广场舞流行了起来。谁能想到，跳舞这种旧时用于交际、娱乐的项目，今天还增加了健身的作用。借着跳舞这个话题，我来写写80年代家乡博白县城里的舞厅。

那时候，县城人跳的舞几乎都是交谊舞。交谊舞是舶来品，是晚清通商口岸开放后传入中国的。二十世纪五六十年代，交谊舞在中国很流行，“文革”期间停跳了10多年，直到改革开放后，交谊舞才在全国各地悄然复兴。

80年代初，我已在县城的商业局工作，小小的县城文化生活很单调，人们下班后的娱乐至多就是看看电影或录像，在家听听收音机或到单位会议室看看电视。直到后来报纸宣传，说跳舞是一种健康向上、陶冶情操的群众性文化活动，跳舞才慢慢地流行起来。当时整个县城跳舞成风，不管是男是女，是上班的还是退休的，是单位职工还是个体户，人人都学跳舞，而且大家几乎每天晚上都去跳，那时候会跳舞的人简直出尽了风头。

就这样，县城里的舞厅逐渐多了起来，有个体户开的，也有单位办的。那时，县里一些比较大的单位都设有舞厅，一般是在会议室或工会活动室。房顶安个旋转的彩灯，墙上挂几条彩带，再放个双喇叭的录音机，买些录音带，一个简单的舞厅就布置好了。周末或节假日的时候，单位里的工会干部发个通知，大家就来参加舞会了。

记得跳舞风行之初，我不是很感兴趣，也不会跳，但看到身边越来越多人跳，我心里也开始痒痒了。当时商业局下属的几大公司工会联合起来，在糖烟酒公司的会议室举办了一期交谊舞培训班，由百货公司的工会主席当老师。这位老师从前是文艺工作者，舞跳得很好。大家知道后，去学的人越来越多，当然大都是青年男女，我也跟着大家去凑过热闹。当时学跳的舞是慢三慢四，熟练后再学快三快四。初时，我还是有信心学好的，但练了好几个晚上都没有进步，后来就放弃了。毕竟总是跟不上音乐，还经常踩到舞伴的脚，太尴尬了。

除了单位办的舞厅，个体户开的舞厅也不少。因为那时跳舞不仅是一项娱乐活动，更是一种社交活动，而且那时的舞厅不但可以跳舞，还可以吃饭，是一个实实在在的社交平台。所以，县城里的年轻男女谈恋爱，个体户谈生意，单位接待上级和来客、年终搞庆典、工会搞活动等，都喜欢到舞厅去，舞厅的生意特别火爆。

人们到舞厅来办事，一般先点好菜，人到齐后就开台吃饭，中场可以到中间的舞台跳舞，然后再接着吃，总之就是边吃边跳边聊。在这种轻松的氛围中，情谊加深了，生意谈成了，单位的任务也完成了，皆大欢喜。

游戏室

当“导演”，过把瘾

改革开放几十年来，中国民众的娱乐生活千变万化，唯一不变的就是玩游戏。改革开放初期，人们玩的是电子游戏机，到了21世纪，玩的是电脑游戏，现在大多玩的是手机游戏。虽然玩游戏的设备不断更新换代，但人们玩的目的都一样——取乐。如今玩游戏太方便了，打开电脑或手机就能玩，有些人玩上瘾后，茶不思饭不想，甚至憋着不上厕所，不但伤了身体，也伤了家人的和气，甚至有人因此失了学业、丢了工作、吵架闹离婚。因此玩游戏还是要适度才好。言归正传，我想跟大家聊的，是80年代中期家乡博白县城的游戏室。

那时是游戏机传入博白县城的初期。当时的县城，娱乐市场并不繁荣，娱乐场所少之又少，人们的业余生活很单调，看场电影，逛个街，放松放松就回家睡觉了。单位职工至多也就是到本单位的会议室挤座位，看看黑白电视。到了1984年，改革开放进入了一个新阶段，县城的经济改革也正式开始，一些有经济头脑的人了解到广东有一种电子游戏机，大人小孩都喜欢玩，靠这种游戏机开的店，生意都十分火爆。于是他们从广东买回机器，依葫芦画瓢，在博白县城搞起了游戏室，地点不约而同地都选在了新兴街文化馆门口这段路。

因为电子游戏机这玩意儿第一次在县城出现，既新鲜，又好玩，加之收费不高，人人都玩得起，所以游戏室一开业，不需做广告就引来了无数的围观者和尝试者。一些人玩过之后就上了瘾，天天往游戏室里钻。游戏室开业之初，来玩的大多是无业青年，慢慢发展到个体户，后来连小学生、中学生也来玩了。因为来玩的人越来越多，游戏室常常爆满，还有点乌烟瘴气的，玩的人却习以为常。老板们尝到了甜头，每天都通宵达旦地营业，还纷纷开起了分店。

我的一个朋友看到这势头，也开始对经营游戏室感兴趣，并在狗儿巷与新兴街交界的路口租了一间铺面，投资两三万元买了几台电子游戏机，做起了生意。他每天都守在游戏室里，也不需要提供很多服务，只要看住人和机器就行，每人每小时收费3元。他做人实在，从不在游戏机上做手脚，都是靠诚信赢得顾客，所以他经营的游戏室，每天早上只要一开门，就有人进来玩。有时我经过他的游戏室，会同他打个招呼，他总是叫我进去玩，还说免费。但我每次都不愿玩，只是跟他聊几句，问问生意做得怎样，赚了多少钱，他总是一副很满意的样子。有一次我忍不住问他：“小小的游戏机到底有什么魅力，为什么能吸引那么多人？”他说：“玩游戏机不像看戏，看戏看的都是导演导的戏，都是以导演的意识为主，而玩游戏可以自由自在地按照自己的意思来操作，在游戏中有相当大的场景空间可以随意发挥，从中享受情景的变化，乐在其中。”自从那次聊天后，我才对人们为什么喜欢玩游戏机有了些了解。

一年多后，这位朋友告诉我，他最初的投资已经全部收回，以后赚的钱就是纯利润了。看来，当年的游戏室真是一个赚钱的行当啊！

“三文一武”

报纸

曾经人人爱看的传统纸媒

由于受到新媒体的冲击，报纸这种传统纸媒已被人们冷落，订阅的人越来越少，街头巷尾的报摊也早已不见踪影，大多数人都是通过手机、电脑看新闻。我们这些老一辈的人，虽然也在享受着信息化时代带来的便利，但时常也会怀念当年看过的报纸。

80年代，县城的人们虽然算不上富裕，但已基本解决了温饱问题，所以不论是单位的干部职工，还是学校的老师，或是普通居民和退休人员，都比较关注每天的新闻，途径除了看电视和听收音、听广播，就是看报纸了。因此当时每个单位、部门、办公室或者门店和专柜都会订报纸，这是普遍现象。那时博白县城单位订阅的报纸，一般都是《人民日报》《广西日报》《参考消息》，条件好的单位还会加订《羊城晚报》《经济日报》及其他的行业报。而对于一些党报、政报，县委宣传部还专门下达有订报任务，并给各单位分配好数量，要求如数完成。

那时我在县城的商业局工作，先是打字员，后是业务股的业务员，我们局里的五六个股室都订有报纸，除了《广西日报》《参考消息》，有些股室还加订了一两份专业报纸，以便了解相关专业的新闻和信息。在单位里，报纸是大家每天都关注的。早上8点上班后，值班室的门卫一收到邮递员送来的报纸，就马上分发到各股室。报纸送到后，除了在开会和学习的，大家都是第一时间来看。由于报纸的份数少，每个人都只能先大致浏览个标题，然后就放回原处，等大家都浏览过了，才拿走报纸阅读详细内容。这是基本的规矩，如果这点都不注意，是很容易引起别人反感的。

那时的报纸就像现在的手机，人人都爱看，所以除了单位订报纸，有些家庭和个人也会订，毕竟大家各有所爱，订份报纸花的钱也不多。这样一来，每逢季末和年终，邮局的营业厅就会热闹起来，大家都来订下一季或下一年的报纸。如果不想订报，街上也有一些报刊摊，摊上摆满了各类报纸杂志，全天营业，任人选购，很方便。记得每天早上9点和中午12点这两个时段，报刊摊前的人是最多的，大家都趁着上班、上学前或下班、放学后买上一份，带回家慢慢看。如果当天的报纸刊登了什么大新闻，大家茶余饭后就会凑在一起交流看法。如果县里有谁的文章在报纸上登出，不论长短，哪怕是火柴盒一般的小文章，影响力也很大，不出一天就闻名全县了。

记得80年代初，我不但喜欢看报纸，也喜欢写新闻稿，写好后除了向县广播站和广西电台投稿，也向读者很多的《广西日报》投稿，期待着如果能被选用，不但能宣传博白，还能给领导留下一个好印象。在我不懈地努力下，终于在《广西日报》登出了几篇关于博白县商业局全力保证工业品下乡的新闻报道。局领导看到后，认为我有些文字功底，也是个积极向上的年轻人，于是就将我从打字员的岗位调到了业务股当业务员，负责股里的内务工作，我就这样走上了行政管理的工作岗位。

80年代的人都喜欢看报纸，那么看过的旧报纸都会怎么处理呢？在单位里，旧报纸统一由工会回收后拿去卖，所得的收入用来买些糖果和食品，作为福利发给员工。在副食品店，为了节约开支，老板也会买旧报纸来包装糖果、饼干和瓜子等小食品。在普通家庭里，人们还会对报纸进行二次利用，收起来作为日常垫物、练字的纸张使用。所有这些，

这是1979年年末，《广西日报》给积极投稿的新闻报道员赠送的“隆重纪念伟大领袖毛主席关于办好《广西日报》指示信二十周年”采访本，我一直保存着

翻开采访本，里面收藏了七八篇我在80年代登在《广西日报》上的文章，如今依然保存完好

就是我对那时报纸的记忆。

标语

社会的精神，时代的符号

标语，是宣传的一种形式，也是一种独特的文化。它虽然没有引人入胜的故事情节，但因为字数不多、通俗易懂、朗朗上口，常常能吸引过往的行人停下脚步，看一看，念一念，有时还会让人对标语里描述的美好未来心生憧憬。

共产党人很早就注意到标语这种神奇的宣传效果。红军长征时，每到一处都在街头巷尾的墙上写标语；抗日战争时，地下党员也总是冒着生命危险上街张贴爱国标语；新中国成立后，各级宣传部门更是钟爱标语，不论是城市还是乡村，都随处可见各具特色的标语，标语成了城乡街道一道独特的文化景观。

时至今日，标语还在沿用着，经久不衰，但不能像以前那样乱写、乱贴、乱挂了，管理更加规范，要求也更为严格，一般只能在指定的位置书写、张贴和拉挂，以免影响城市文明和乡村形象。这是时代进步、社会文明的一种体现。借着这个话题，我来写写七八十年代家乡博白县城里的标语。

那时县里的政治氛围很浓，相关工作也比较多，县委宣传部会通过县委办公室向县直各机关单位发出通知，要求每个单位贴标语、挂横幅，有高楼的单位还要在大楼外墙挂出一条长长的标语，让人们远远就能看见，从而营造气氛。这些要张贴或拉挂的标语是由各单位自行书写的，但不能随便写，得在县委办的通知中选择三五句主题突出的话来写。县委办还规定了标语张贴和拉挂的时间，如果哪个单位不写或迟写，单位领导就要承担责任，轻则挨批评，重则被通报。所以每个单位收到通知后，都不敢懈怠。在这样一种形势下，为了做好这项工作，每个单位一般都会指定一名字写得好的职员专门负责写标语。

也许因为我是打字员，从1978年冬开始，局领导就明确由我兼任写标语的“专员”。初时我推辞说字写得不好，领导说：“字不好可以慢慢练，只要写出来贴出去就行!”这样一来，我也只好硬着头皮迎难而上了。刚开始，我写出的标语连自己都不敢看，字确实写得差，后来写得多了，胆子也大了，也就习以为常“视而不见”了。一段时间后，我发现商业局下属的百货公司里，有个专门负责出墙报、写标语的人叫杨熙福，他用排笔①写魏碑字写得很好。他那时50多

---

① 排笔由平列的一排笔毛或几支笔连成一排做成，用于绘画、裱糊、粉刷或油漆等。

岁，是县里大名鼎鼎的书法家，县委宣传部有时也请他帮忙写标语，他的字可谓是遍布县城的大街小巷。听说他自小就练字，排笔写字是他跟着父辈学来的技巧。

我对排笔写字很感兴趣，于是就拜他为师，经常请他指点，不久就掌握了一些排笔写魏碑字的要领。此后，每当接到上级布置的写标语的任务，我就用大小不同的排笔来写，就当作一个练字的机会。一年后，我的字果然有了进步，也因此爱上了写标语这项工作，只要有空就在打字室练字。后来我调到了业务股，但写标语的工作仍由我负责，直到调离商业局，前后写了11年。

那时正是改革开放的初期，也是全面实行计划生育的开始，我们县也同全国一样，从县城到乡村，处处都有各式各样的计划生育标语。比如“少生优生是现代家庭的选择”“谁家要想先致富，少生孩子是条路”“控制人口增长，提高人口素质”“生男生女都一样，不然儿子没对象”“提倡一胎，控制二胎，杜绝三胎”，等等，引得人们争相观看，计划生育的氛围营造得极好。

标语很能体现一个时代的特色，它浓缩了整个社会的精神，成为一种时代的符号，引起人们的共鸣。现在几十年过去了，时代在变，标语也在变，但我始终不能忘怀那个属于我的时代，那些属于我的标语。

电报

曾经惜字如金的通信

“楼上楼下，电灯电话”是七八十年代中国普通老百姓追求的一种生活方式。如今这追求早已实现，老百姓不但有了楼房，即时的远距离通信工具也从座机变成了手机，而当年人们眼中最奢侈的通信方式——电报，也成了“古董”。

说起电报，它在中国共产党发展的历程里起过很大作用。革命发展之初，一些地下党员利用电报把收集到的情报发给上级和有关负责人；红军长征时，各部队之间利用电报互通情报，从而摆脱了国民党军队的围堵；抗日战争时期，八路军利用电报来汇报战况和传达命令；到了解放战争时期，共产党更是利用电报指挥千军万马，打败了蒋匪军！

回想20世纪80年代，我在故乡博白县城工作时，正是电报发展的高峰，电报是邮电局的主要业务。那时候，县里的邮电局上属地区邮电局，下辖公社邮电所，形成了一个人、财、物一管到底的邮电经营网络。邮电局设在南街口，是一座高大的建筑，坐西向东，有一个两三百平方米的营业厅，还有一个可以停车、放邮件的大院，白天很是热闹，车辆和行人进进出出，一派繁忙的景象。邮电局的经营业务很广，相当于现在的移动、联通、电信、邮政合在一起的“家业”，但最主要的业务还是电话、电报、订报刊和收发邮件。当时邮电局的领导我都熟悉，局长还是我的好朋友，他为人热情，深得人心。邮电局里有一两百名职工（不含乡镇邮电所），他们吃的是国家饭，端的也算是“铁饭碗”，因为是“独家生意”，所以工资非常有保证，能在邮电局上班的人都感到很自豪。

那时县城的通信还比较落后，电话少得可怜，家庭里几乎没有，单位也只安装一两台，公事可以使用单位的电话，私事就要到邮电局营业厅去交费打电话了。所以平时亲朋好友之间有事要联系，一般是用写信邮寄的方式，几分钱的邮票就可以把信寄到天涯海角。但如果家中有急事，对方又没有电话，那就要发电报了。电报虽然贵，但因为便捷，加之改革开放后出外打工和做生意的人越来越多，所以电报的业务量很快就起来了。

个人发电报都得到邮电局的营业大厅办理，办理时先取一张电报稿，然后按要求在空格里填写收件人的地址、姓名和电报的内容。填写收件人的地址和姓名时，一定要写详细，不能简略，简略了对方不一定能收到。填写电报内容时，既要尽可能压缩字数，又要确保对方能看懂。因为电报是按字数收费的，所以人们发电报时都字斟句酌，惜字如金，如果自己写不来，就得请人代劳了。写好电报稿后就交给营业员审阅，如没有问题，营业员就计算字数，并按字数来收费。普通电报每个字3分钱，加急电报每个字6分钱，新闻稿件每个字1分钱。

那时邮电局从事电报工作的员工着实不少，除了营业大厅的营业员，还有两拨人：一拨是收发电报的员工，坐在电报房里紧张地收报和发报，嘀嘀嗒嗒的声音响个不停；另一拨是送电报的员工，人不多，只有几个，常常在电报房旁边待命，一旦有电报要送，即刻出发。送电报时，他们都会穿着邮电服，骑着邮政自行车看门牌找单位，找到后就在门口大声喊："有电报！"一般人听到这呼喊声后，心头难免一颤，因为肯定是家里出大事了，不是大喜，就是大悲。那时，"母病速归""货已发""人已到""侄结婚"等都是常见的、言简意明的电报内容。有些常收发电报的单位还专门办理了电报挂号，这样一来，发电报时就可以用一组数字代替收报人的住址名称，从而减少费用。

电报是那个时代特有的一种通信方式，如今早已成了人们的记忆，一去不复返。

体委

打遍玉林无敌手

1952年6月10日，毛主席为中华全国体育总会成立题词“发展体育运动，增强人民体质”，这是中国体育的初心和使命，也是中国体育工作的根本方针和任务。70年来，我国体育工作者始终坚持初心，发展以人民为中心的体育，推动全民健身和全民健康深度融合。现在的体育运动项目繁多，除了传统的篮球、排球、乒乓球和游泳，还增加了攀岩、轮滑、散打、网球等，不但有现场教练，还有线上指导，大大激发了人们的运动兴趣。回想七八十年代的体育运动，与现在相比真是不可同日而语。

那时候，我的家乡博白县城经济比较落后，财政也是穷字当头，连公务员和教师的工资发放都有点吃力，更别说拨款办一些重大文体项目了，所以人们可选的文化娱乐和体育运动项目比较少。尽管如此，县里依旧重视体育事业，设置了独立的体育职能部门——体委，而且体委的工作常常受到县领导和民众的关注。

那时尽管财政困难，但县里咬紧牙关，省吃俭用，拨出一笔资金在县城的中心位置，也就是文化路的体委院内建了一个可容纳几千观众的灯光球场和一个室内训练馆，同时在公园路建了一个规模不小的游泳场。这些体育场地建好后，群众性体育运动就如火如荼地展开了。

当时大家都很热爱体育运动，特别是篮球，从成人到孩子，人人都爱打篮球、看比赛。从县城到农村，每逢重大节日都有篮球比赛。为了看一场球赛，有些人甚至步行几十里赶去，看完又步行几十里回家。因此，县里采取以队带动的方式开展群众性体育运动，组建了县男、女篮球队，同时成立了一个业余体校，这些具体工作就由县体委负责。篮球队员面向全县招收，不分农村户口和城镇户口，只要符合条件，篮球打得好就招收为国家工人，男队员安排进入县电业公司，女队员安排进入五金公司，平时照常在单位上班，早晚就到体委训练，各项工作都要到位。

当时体委的工作很多，任务很重，但人员并不多。因此从主任到下属的干部，每人都身兼数职，既要负责全县的体育管理事务，又要担任男、女篮球队和业余体校的教练，遇到比赛时还要做裁判。工作多且累，但从没有出现推诿工作和申请调离的现象。那时男、女篮球队都配有一个主教和一个副手，他们每天早晚都要组织队员们训练，既要让队员们把基础打好，同时还要教一些新的打法，因此亲身示范之外还会陪练，以便让每个队员都掌握要领，发挥得更好。记得那时女队的教练叫阿二哥，打篮球很有一套，技术也过硬，在他的带领下，我们县的女篮真是打遍玉林无敌手。每逢县外的女子篮球队来跟她们比赛，那可真是一票难求，整个灯光球场座无虚席，加油声、欢呼声此起彼伏，热闹非凡。

除了篮球队，业余体校也办得不错。当时业余体校招收了不少少年儿童，吃住都在体委里，篮球班、排球班、乒乓球班应有尽有。记得那时体委最老牌的教练是冯教练，他是体委的第一代教练，年纪将近60岁，但老当益壮，每天都带着一众少年练球，辛苦不说，还要在烈日下暴晒，皮肤都晒成了古铜色。不过他都无所谓，每天乐呵呵的，退休后还答应了体委的返聘邀请，回来继续任教。

记得那时县城单位的体育赛事比较多，比赛裁判不够时，就会请五金公司化工仓库的保管员十一叔过去做裁判。别看十一叔像个农民，但吹起哨、判起球来一点也不差。他年纪虽然已过50岁，但总能跟着队员满场跑，判断很准确，而且不讲情面，很公正，所以深受选手和观众的喜爱。

第三篇

荏苒时光 往日事

岁月如梭，人世变幻，或悲或喜，曾经的故事都印刻在时间的长河里。

文化教育

古代美女绿珠

石崇宠妾助力博白经济

中国古代有“四大美女”，无人不知，但可能很少有人知道，我的家乡博白县在古代也有位美女，古代曾有不少诗人为她作过诗，现代也有作家为她写过书，听说现在还有人要把她的故事拍成电视剧。她是谁?

此女名绿珠，是石崇的宠妾。关于绿珠，有一段哀婉的故事。传说她姓梁，生于双角山下(位于今博白县)，是远近闻名的美人。西晋富豪石崇路过当地时，听说绿珠不但美貌如花，而且能歌善舞，还善吹笛，于是立即命人把她请来，而后一见倾心，遂聘其为妾。当时赵王司马伦专权，其亲信孙秀垂涎绿珠的倾国姿色，便派人向石崇索要，被石崇拒绝。孙秀怀恨在心，劝说司马伦除掉石崇。后来，有士兵前来捉拿石崇，绿珠从楼上一跃而下，自殉当场。博白的乡亲们听闻绿珠身死，无不哀伤惋惜，为怀念她的纯真秉性和贞烈气节，建祠祀奉。唐代诗人杜牧也曾为她作诗："繁华事散逐香尘，流水无情草自春。日暮东风怨啼鸟，落花犹似坠楼人。"

绿珠作为博白的历史名人，其形象在博白民间广为流传，有关她的故事更是充满了传奇色彩。传说绿珠死后化身为一只白鹤飞回家乡，护卫着家乡的山山水水和父老乡亲，博白人更是把她奉为一个圣洁的女神。

在我的记忆中，从80年代初开始，为传承绿珠文化，县城兴起了一股"绿珠潮"，把绿珠作为博白的"形象代言人"，随处可见"绿珠"。县城两三公里外有一条江，江名就叫绿珠江；在绿珠江岸边有一个乡，原先叫柯木乡，后来也改名为绿珠乡，再后来又改称绿珠镇；县城北面公园路与新兴街北路交接的十字路大转盘中间，也立有一座几米高的绿珠女雕像，来往博白县城的车辆大多要经过这里，都能看到这座雕像；县城的工厂也喜欢借绿珠和绿珠女之名做广告，比如当时县农机一厂的拳头产品碾米机就叫"绿珠牌碾米机"，县卷烟厂从一开始就用"绿珠女"来注册商标，还打造了一个"绿珠女"的香烟品牌。县城工厂的各种产品因为有了“绿珠”这块招牌，加之产品本身质量好，畅销区内外，一些产品甚至出现供不应求的现象，有时要厂领导写批条才能买到。不得不说，古代美女绿珠着实为家乡的现代经济发展贡献了一份力量。

找对象和谈恋爱

土味的邂逅与浪漫

“男大当婚，女大当嫁”——这是中国自古以来的习俗，世世代代的博白人也是这样传承的。下面我就通过回忆的方式，说说80年代初，我们这代人是如何找对象和谈恋爱的。

谈恋爱的前提是找到合适的对象。那时候的我20岁出头，属于年轻一代，在县城工作，所以比较了解当时县城的年轻人。他们就像早上八九点钟的太阳，朝气蓬勃，意气风发，积极投身于改革开放的浪潮，或开店经商办实业，或在机关和企事业单位中努力工作，埋头苦干。他们不但热爱工作，也热爱生活，对未来充满了信心。

尽管那时的经济不景气，年轻人手头紧，钱包也不鼓，但到了适婚年龄，不需父母和家人催，一般都会主动找对象。当时没有微信、QQ和婚恋网站，没有专门的婚介机构，也没有封建时代那种半专业的“媒婆”，年轻人到了适婚年龄，一般会通过下面几种方式找对象：一是通过借书的方式。如果男方看上了女方，男方就主动向女方借书，借个三五次，一来二往的两人关系也就拉近了。二是通过写信的方式。一般是男方主动写信，如果女方有意，就回信，通过三五次通信交流，两人慢慢地也就熟络了。三是自己看上了对方，但不敢主动写信和接触的，就通过熟人、亲戚或朋友介绍。四是男女双方都没有目标的，单位和社会里一些善做好事的“红娘”看男女双方条件相近、有成功的可能，就从中牵线搭桥。

找到合适的对象后就开始谈恋爱。那时的县城并不大，娱乐方式也不多，约会一般都是看电影。一般有新电影上映了，恋爱中的男女就会买上两张电影票去看电影。在电影院里不仅可以观看影片，还可以交流思想，增进了解，加深感情。一般看了十场八场电影后，终身大事就可以敲定了。逛公园、走马路也是一种不错的恋爱方式。恋爱中的男女一边走一边谈，夜深了，谈累了，肚子饿了，再到街边吃点夜宵，就能度过悠然惬意的一天。当然，到商场走一走也是不错的选择。

那时我还未结婚，却为好友找对象、谈恋爱之事操过不少心，也当过送信人。记得当时好友看上了同单位的一个姑娘，虽说平日里大家都认识，但他不敢直接送信，于是就请我当信使。信送出后，我和好友天天晚上都凑在一起等消息，一直等到第五天，好友终于收到了姑娘的回信，后来双方继续写信和交往，很快就开始恋爱，半年后就定下了终身大事。

再说说我自己。那时我家庭条件并不好，幸而经过一个好心人的介绍，认识了现在的爱人。我22岁就结婚了，到如今已有40余年，日子过得很不错。以我的经验来说，找对象、谈恋爱最好还是趁早，不要总是等待，等着等着，说不定好机会就错过了。

回娘家

年初二的家庭聚会

在中国，大年初二这天有一个重要的风俗——回娘家，这是老祖宗定下的规矩。如今随着社会的进步和人们观念的更新，回娘家的风俗，有些地方可能还流行，有些地方可能已经淡化了。但不管怎样，有条件的话，新年里回娘家是应该也是有必要的，毕竟回去给父母拜年是孝心的一种体现，不能因为时代变了就把亲情看淡，忘了父母的养育之恩。

回想80年代我的家乡博白，已婚女子对大年初二回娘家这个风俗是很看重的，特别是农村人。那时候，农村人相较于县城的居民和单位的职工要传统一些，回娘家很是讲究：一是时间必须在大年初二这一天；二是必须与夫婿同行，并带上子女；三是礼物要准备好，猪肉、鸡肉肯定要有，饼干、糖果也不能少，同时女婿还要给岳父岳母准备一个体面的红包，尽一份孝心。

无论是城里人还是农村人，到了大年初二这一天，大家都会把最好的衣裳拿出来，女婿则更讲究一些，须穿戴一新，然后把礼物包装好，精神抖擞地踏上回娘家的路途。博白人回娘家一般中午前就要到达，中午饭在娘家吃，所以家离娘家远的，全家人一大早就要起床，吃了早餐就出发。在娘家吃过午饭后，大家坐在一起聊聊家长里短，住得远的一般在娘家住一晚，近的吃过晚饭就回自家了。

记得80年代中期，我的岳父岳母已经退休回到县城居住，那时大家同在县城生活，平时爱人也常去看望，但到了大年初二这一天，也还是会按传统风俗回娘家。我们带的礼物并不多，但红包一定会有。到了岳父岳母家后，就与亲戚们闲坐在一起，开始谈天说地聊家常。岳父岳母有5个子女，加上各自的家人，聚在一起足有两大桌子。一般来说，女婿们都在抽烟聊天，女儿们则到厨房帮父亲准备饭菜。提到岳

过年回娘家的那一天，爱人（右一）和她的大姐很开心，抱着孩子谈天说地、拍照留念

父，他最会做菜了，拿手的好菜也很多，有鱿鱼炒三丝、白切鸡、甜酸扣肉、黄花菜粉丝汤等。到了下午5点左右，一大家子就开始热热闹闹地吃晚饭了。

岳父岳母一家人都很厚道，所以大年初二大家坐在一起吃吃饭、聊聊天，很开心。如今虽然我们住在南宁，但只要没有特殊情况，每年我都会同爱人一起回博白县城，与岳父岳母吃顿开心饭，尝尝岳父做的好菜。

高考复读

“复读风”缘何吹遍神州？

如今高考的报名人数已连续多年突破千万，录取率也不低，高考复读的现象已经少了很多。回想20世纪80年代，由于大学的录取率低，人们为了实现大学梦，复读成了一种常态。

那时候，高考刚恢复不久，学子们迸发出来的学习热情空前高涨，大家干劲十足，都想拼一拼、搏一搏，通过努力实现自己的大学梦。一年考不上，复读重考，再考不上，就继续复读，甚至有人复读5年才考上大学。那时同龄人都在拼命读书，考中专、大专和大学，而我却早早参加了工作，从五金公司的售货员做到了商业局的打字员。那时商业局正对着博白县中学的大门，学生每天上学放学都从那里经过。因为商业局食堂的伙食又好又便宜，所以几个有亲戚在商业局工作的复读生就托了关系到那里开饭。于是，每次吃饭时我都有机会与这些复读生聊一聊，了解了一些他们的学习情况。

那时博白县城的中学有三所，一所是博白县中学，一所是博白镇中学，另一所是城厢中学（后来改名为王力中学）。当时的博白县中学和城厢中学每年都会开设一两个复读班，招生有分数规定，达不到分数线的一般都不招，个别有特殊情况的，会适当放宽条件。记得那时我有两个亲戚的孩子也到博白县中学去复读，经过一年的努力，一个考上了大学，另一个考上了中专，后来发展都不错。

博白县中学和城厢中学的复读班不是想进就能进的，很多人因为条件达不到想复读也没得读，于是一些退休教师就想着可以办个复读学校。恰好1985年商业局在文化路中段（商业幼儿园旁边）建的一栋职工教育楼里，四、五楼的教室暂时用不上，局里就决定出租。博白县中学一个有几十年教龄的退休教师得知这一消息后，马上找到局里的领导，双方经过协商，很快就签订了教室租赁合同。合同签订后不久，博白第一所民办中学——博白登高中学，就在这栋楼里诞生了，招生对象不是普通的初、高中生，而是高考的复读生。学校虽然设备简陋，无法住宿，也没有食堂，但师资不错，都是有几十年教龄、培养出很多优秀学子的退休老教师。

登高中学一开学就有很多复读生来报名，开的两三个班几天就招满了。当时我正好搬到这栋楼住，每天都能看到学子们是如何努力的。他们一大早就来上课，夜深了教室的灯还亮着，老师催他们走也不起作用，只好陪着他们自习。由于教学方法得当，学子们也十分努力，办学的第一年就有不少复读生考上了中专、大专，还有一些考上了大学。这个成功的开端让复读生和家长看到了希望，学校就这样一年接一年地办着，越来越出名，很多学子慕名而来。

在当时，且不说大学生和大专生，连中专生毕业都是国家分配工作，还可以从农业户口转为非农业户口，吃上“国家粮”，可以说高考上榜对许多人来说意味着有了改变命运的可能。因此落榜学子很多都选择高考复读，追求他们的读书梦。

考文凭

从中专到本科

民间有一种说法，“文凭就是饭碗”，拥有好的文凭，就能找到称心如意的工作。现如今大学年年扩招，大学生一年比一年多，就业压力也一年比一年大，大学生找工作都困难，中专生就更不用多说了。时代发展真快，才40多年时间，中专文凭就已经不够用了。回想80年代初，我在家乡的博白县商业局工作时，曾把考个中专文凭作为人生的一种希望和追求。

那时候我高中没毕业就早早参加了工作，但由于没有专业文凭，工作压力越来越大。单位里同在一个股工作的中专生受到了领导的重用，下属各公司那些有中专文凭的员工被提拔到领导岗位上，一些家在农村的青年中专毕业后被分配回县城的行政和事业单位工作……这些让我深深地感受到中专文凭的重要性，从而产生了考个中专文凭，弥补自身不足的想法。

那时，广西商业专科学校和广西商业学校都在县里招成人班，学制两年，大专班要脱产学习，中专班可边工作边学习，每个学期到学校上课半个月，平时在家中自习和完成作业。经过慎重考虑，我放弃了大专班，毕竟要脱产学习两年，自己没有这个条件。在当时，能有个中专文凭也很不错了，局里有中专文凭的干部职工就两三个，有大专、大学文凭的一个都没有，就连局长和副局长也只是中学文凭。所以，我最终决定报考广西商业学校企业管理专业的中专成人班。入学考试并不难，我考一次就通过了。接到入学通知的时候，我兴奋不已，毕竟我过去读的都是乡下的初中和乡办的农中，没有在城里的学校上过学。

那时候广西商业学校设在柳州，第一次到学校报到时，我发现来读中专成人班的学生大多是三四十岁的人，我当时20多岁，算是比较年轻的了。在这些学生中，有公司经理，有单位中层管理干部，也有售货员、保管员，等等。我所在的班共有30多人，大多数是男学生，女学生只有几个。记得上第一节课时，全班同学和老师拍了一张合照，从此我们就成为一名中专学生，同在一个屋檐下学习了。每天，大家都按学校的规定起床、做早操、吃早餐、上早课。上课时大家都很认真，听讲课、做笔记，遇到不明白的地方也像小学生那样举手提问老师。下课后吃的是集体饭堂，住的是集体宿舍。去食堂吃饭要排队买饭票、买饭菜，饭和菜不算好，但可吃饱。最不适应的是住宿，八九个人同住一个大房，都是上下铺，只有一个卫生间和一个洗澡房，上厕所和洗澡时常常要排队，很不方便。特别是晚上睡觉时，各种呼吸的声音都有，很难入睡。尽管生活条件艰苦，但大家都能忍受和克服。经过两年的奔波和学习，我在1985年终于拿到了渴望已久的中专文凭。

我原以为这个中专文凭能用一辈子，哪知才过了几年，到90年代初时，中专文凭就已经落后了。为了适应新的形势，我又报读了广西经济管理干部学院的成人大专班。拿到大专文凭后不久，我因工作调动到了南宁，之后大专文凭也落后了，于是我又去报读本科成人班，拿到了本科文凭。

这些就是我参加工作后，中专、大专、本科成人班的读书经历，现在回想起来，真是艰辛。但没有当初跨出的第一步，没有当初的中专文凭，哪有后来的大专、本科文凭。所以说，人的一生都要学习，只有不断地学习，人生才充盈，才能不断向前。

勤工俭学

劳动创收最光荣

勤工俭学就是学校组织的或学生个人从事的有酬劳动，劳动所得用以助学，最早出现在第一次世界大战期间，那时我国到法国留学的青年就是采取这种方式完成学业的。勤工俭学还有另外一种含义，它是我国某些学校采取的一种办学方式，学生在学习期间从事一定的劳动，学校以学生劳动的收入作为办学资金。这种勤工俭学的形式在新中国成立初期时比较常见。当时国力弱，教育经费严重不足，所以我国从20世纪50年代中后期开始，倡导以校办农场、校办工厂等形式开展勤工俭学，以此来改善办学条件。70年代末80年代初是这种勤工俭学发展的高峰时期，90年代后，学校农场荒芜了，校办工厂也停办了，这种勤工俭学的活动也就逐渐消失了。如今的学校早已不再是“破房子、土台子、苦孩子”，学校的经费有了保障，学校环境和教学条件逐步实现了现代化，教学也已实现了信息化，和七八十年代博白县城的勤工俭学时代已完全不同。

那时候是农业时代，从县里到乡里，从大队到生产队，各级政府的工作都以农业为主，耕田种地、造田造地、增加粮食产量、保证人民吃饱肚子才是最重要的。当时工业少，商业也不活跃，所以各地都很穷，公务员和教师的工资发放都困难，更别说拿钱去改善学校的教学条件了。面对这样的困难，作为学校的主管部门——县教育局，自然要想方设法搞创收。于是，县教育局根据上级指示成立了一个勤工俭学办公室，指导和帮助学校开展勤工俭学活动。

先说说我在乡里读书时经历过的勤工俭学。我上小学时，学校就是张氏祠堂，校舍条件可想而知。学校当时只有3位教师是正式入编的公办教师，其余都是本大队临时聘用的民办教师，公办教师平时在学校吃住，民办教师下课后回家吃住。那时教师的待遇并不好，加之远离圩镇，买菜很困难，所以学校安排了一块空地来种菜，老师也会在每天下午上劳动课时带领全班同学拿上水桶，挑水淋菜。遇到夏收秋收，我们还会到稻田里捡稻穗，把捡到的稻穗交给学校。

上了初中后，勤工俭学更是少不了。每次上劳动课，同学们都是在各班负责的一亩地里种菜，种的品种很多，有瓜，有豆，有玉米，劳动时不是除草，就是施肥、浇水。有了收成后，一部分留给老师改善生活，一部分拿去卖，为学校创收。

初中毕业后，我到五七中学读高中，这是公社新开办的学校，由于学校没有什么办学经费，勤工俭学活动就更多了。记得那时，学校每个星期都安排好几节劳动课，让我们到野外去劳动。下田学种水稻是其中的重要课程，上山砍柴、烧石灰也有安排，还有到农场的果园里挖坑，到公路边给路树刷石灰水，到林场砍树，参加造田、造地、筑水库，等等。勤工俭学的目的大都是为学校创收，还有一些是响应公社号召的免费劳动。

70年代末我到县城参加工作后，虽没有亲身参与，但依然能看到勤工俭学的相关活动。当时县教育局成立了一个勤工俭学办公室，我有个好友在那里工作。他是个积极有上进心的好同志，我们经常来往，我在与他交谈的过程中，了解了一些勤工俭学的事。他所在的勤工俭学办公室，职责是指导全县教育系统的学校开展勤工俭学活动，解决学校办学经费不足的问题，常常给中小学开会布置任务。当时县城的中小学校都开展勤工俭学活动，学校领导也都有创收的意识，还设有一个副校长分管勤工俭学工作，经常过问和检查。记得那时博白县中学办有一个小工厂，设在学校食堂旁边。厂里有管理人员和工人，生产的产品是铁红染料，主要用来刷家具的底色，生产规模很小，但每年也有几万元的利润，对学校的办学经费起到了补充的作用。

在我的印象中，县城勤工俭学做得最好的是教育局办的桃园宾馆。宾馆建在建筑公司后面，位置不偏不远，坐北向南。宾馆规模不算大，楼不高也不漂亮，只有几十个床位，但名气可不小，全城家喻户晓。这不仅是因为这里的服务质量好、收费不高，更重要的是这里有个餐厅，餐厅供应早茶，且品种多、味道好，开业一个多月就吸引了大批食客前去光顾，生意火爆。

桃园宾馆餐厅的早茶是县城最早出现的早茶，不得不说正赶上了时候。那时县城正迎来改革开放后的第一波经济热潮，大家都出来经商，谈生意时到餐厅喝早茶成了一种风尚，还有些贪新鲜的人也纷纷赶来凑热闹。所以每天早茶一开市，就有不少人进去抢台位，有经验的人则在前一天就预订好位置了。那时每逢周末，我一有空闲就带上家人去那里喝早茶。餐厅的包厢经常满座，很难订到，我们每次去都是坐大厅。虽然人多，但气氛不错，点几个小菜，上些油条包子，再来一壶茶，全家人边吃边喝边聊，很是惬意。在我记忆中，餐厅最有特色的小吃是虎皮凤爪，先炸后蒸，大火蒸出来后马上趁热吃，那种口感真是无以言表。来喝早茶的人一般都会点它，只要尝过一次，终生难忘。

正是这些勤工俭学的活动，让学校渡过了那个年代的办学难关。虽然现在的中小学已经没有勤工俭学了，但我们还是应当发扬劳动精神，上好劳动这一课。

青年职工的“双补”

文化技术大练兵

知识和技术是一个人谋生的基础。新中国成立后，党和政府十分重视这两个问题，我的家乡博白也不例外。70年代初，老家生产队办过扫盲班，对象是不识字的中青年农民。80年代初，县总工会和一些大的单位也办过文化补课班，对象是1968—1980届的初、高中毕业生。1981年2月，中共中央、国务院下发《关于加强职工教育工作的决定》；1982年1月，全国职工教育管理委员会、教育部、国家劳动总局、中华全国总工会、共青团中央发布《关于切实搞好青壮年职工文化、技术补课工作的联合通知》。"双补"教育工作自此在全国范围内广泛开展。

"双补"一是文化补课，二是技术补课。先说文化补课。为什么要进行文化补课呢？因为"文革"期间，在校学生的学习不能正常进行，很多毕业生有文凭，没水平，"高中牌子，初中本子，小学底子"的现象很普遍。根据那时的普查，青年职工中真正达到初中毕业水平的是极少数，大部分仅略高于小学的文化水平。

当时县城里大的单位，青年职工人数够一个补课班的，一般是单位开班，请来老师利用晚上时间进行补课，不影响工作，补课的科目是语文和数学。那时候我在县商业局工作，也被列入了"双补"的范围之内。因为我读的是乡下的初中和高中，而且高中还没毕业就参加工作了，文化水平肯定达不到要求。但商业局只有我一个人需要补课，所以我就参加了县总工会举办的补课班。当时总工会共开两个文化补课班，每班都有四五十人，全部来自县直党政机关和事业单位，上课时间统一安排在晚上8点钟。

每天晚上，我就像学生一样拿个书包，带上书和笔记本，按时到班里签名报到。上课前，老师也按正规学校那样，先点名再讲课，以避免迟到和旷课的现象出现。为了加强对学生的管理，班上也有一些规定，比如有事要先请假，上课时不能交头接耳等。开始时我确实难以适应，毕竟参加工作这么多年了，对上课已不习惯，但在当时的形势下，上级有规定，大家都得补，自己文化水平也确实低，再不提高就影响工作了。想通后，我就由厌烦变为自觉行动了。于是我每天晚上都按时去上课，认真听课、做笔记，下课回家后自习、完成作业，遇到不懂的地方就请教同学或老师。对我来说，语文课并不难，难的是数学课，因为我的数学基础本来就不好，加之读初高中时经常参加各项劳动，耽误了学习，所以补起课来跟重新学差不多，很费劲。在这种情况下，我用耐心、细致和勤奋，克服困难坚持补下去，最后顺利通过了考试。那时我爱人也参加了文化补课，数学考了100分，是他们百货公司考得最好的职工，我们当时都特别高兴。

除了文化补课，县城各单位也开展专业技术补课。我们商业局搞得最是有声有色，专门组织下属公司进行业务技术大练兵活动，各公司先在本单位开展练习，然后整个商业系统组织了一次大型的业务技术比赛，在当时的县体委灯光球场举行。比赛的项目有拆装自行车和缝纫机、杀猪、杀鸡、炒菜、包饺子、打算盘、滚油桶、使用灭火器灭火、包装食品、点钞票，等等。对于在比赛中获得前三名的，商业局都给予奖励，颁发奖状和奖金。

通过文化课和专业技术课的“双补”活动，单位里青壮年职工的文化知识和专业技术水平都有了很大提高，我也收获满满。感谢党和国家给了我这么好的学习机会。

工作生活

造田造地大会战

寒冷与火热的交锋

如今的青年农民，种田的积极性并不高，纷纷离开农村到城市里打工，不愿在乡下当农民。时代的变化真是难以预料，谁能想到现在农村的田地竟被冷落了。回想20世纪70年代中后期，在我的家乡博白县，农民都把田地当作宝。那时田地少，亩产又不高，所以有时还要上山开荒，扩充耕地。1976年，“农业学大寨”运动[①]正在全国范围内轰轰烈

---

① “农业学大寨”是中国在20世纪60年代开展的一场运动。大寨是山西省昔阳县大寨公社的一个大队，原本是一个贫穷的小山村，农业合作化后，社员们开山凿坡，修造梯田，使粮食大幅增产。此后，在党中央、毛主席的号召下，全国农村兴起了“农业学大寨”运动，大寨成为中国农业战线的光辉榜样。

烈地开展，县委也跟上形势，提出了“向土地要温饱”的口号，并组织开展了一场声势浩大的造田造地大会战，以点带面，使全县的造田造地运动迅速开展起来，以实际行动响应党中央的号召。

大会战的地点选在顿谷公社茅坡大队，那里是南流江边的一片山地。县委的计划是把这片山地推平，造出一大片耕地，从而解决当地耕地不足、社员吃不饱饭的问题。当时时间只有10天左右，因此县委要求所有的县直机关、单位和企业派出1/3的干部职工参加大会战，保证上工人数超万人。县委还要求各单位的领导亲自带头上阵，上阵的干部职工都在工地吃住，推平山头、完成造田造地任务后才能回到原岗位。

不知是碰巧，还是命运的安排，那一年的12月28日，我从乡下到县五金公司参加工作，刚办完入职手续，住房都还未落实，行李也没有放好，单位的政工组组长就通知我：“你要马上赶往顿谷公社茅坡大队参加县里组织的造田造地大会战，其他人前两天已出发到会战工地了，你属于后续补充人员。”我听后想，自己在农村也习惯了开荒种地，不怕吃苦，于是拿着简单的行李和一个从农村老家带来的旧木桶，跟着单位的人就坐上了开往顿谷方向的班车。

班车沿着一条山区公路疾驰。一路上来来往往的汽车、拖拉机、自行车很多，川流不息，一派繁忙的景象，好像前方在打仗，后方在运送弹药和物资似的。一个小时后，班车到达茅坡大队。下车后，单位的人先把我带到了住宿的地方。那是一排在村庄山头上搭起的临时住房，房顶是石棉瓦，四周用竹笪[①]围起来，每间房住10多个人，没有木床，每人一个地铺位，地上铺些稻草就是床了。住房旁边搭了个伙房，不远处还有一个卫生间和一个洗澡房，都很简陋。

住宿的地方离工地有一里远，放下行李后我马上赶到了工地。当时正是寒冷的冬天，工地却热火朝天。1万多人会集在大片的山地上，红旗迎风招展，广播歌声嘹亮，一派战天斗地的气氛。找到单位负责的工地后，我立即加入了“战斗”。别人挖土、拉车，我就用肩挑，一担担地把山上挖下来的泥土挑到100多米外的南流江边，来来回回地飞奔，一点也不觉得累。

那时工地上不但有年轻人，也有快退休的干部职工。虽然天气冷，但每个人都被这火热的场面感染，大家干劲十足，每天从早干到晚，中午也只是吃个饭，休息一下就继续开工了。记得当时我白天干活并不觉得累，就是晚上觉得冷。因为去时匆忙，我只带了一块毛毡，半夜会冷得

---

① 竹笪，即粗竹席。

全身发抖，只能起身穿上全部的衣服来保暖。在这样艰苦的条件下，经过10多天的奋战，我们克服了各种困难，终于把这个山头挖平，造出了上百亩的耕地。想着这些耕地能让当地农民多种些粮食，解决吃饭难的问题，我们心里都很高兴。

一晃几十年过去了，我再也没有回过那座山头、那片耕地。不知那片万人造出的耕地现在如何了，如果还在耕种就好，若是撂荒就太可惜了。

非农业户口

好身份，好日子

2014年，《国务院关于进一步推进户籍制度改革的意见》正式发布，要求建立城乡统一的户口登记制度，取消农业户口与非农业户口性质区分和由此衍生的蓝印户口[①]等户口类型，统一登记为居民户口。之后全国各省市陆续出台户籍制度改革方案，户籍制度大变天，城市与农村之间的高墙

① 蓝印户口是一种介于正式户口与暂住户口之间的户籍，因公安机关加盖的蓝色印章而得名。2000年之后，蓝印户口在全国各地逐步被叫停，渐渐退出了历史舞台。

被拆除，城乡差别日益缩小。这是时代变化和社会发展带来的好现象。

回想70年代末我在家乡博白县城工作时，农业户口和非农业户口的差别很大。那时候，中学毕业的学生叫知识青年，都被分配到农村插队，户口也随迁到农村。因为县城就业困难，所以农村户口的知青们很难回到县城工作。当时的政策规定，农业户口转为非农业户口必须有县城的招工指标，同时还要有接收单位，劳动局批准后发放招工表，凭招工表才能到公安局治安科或派出所办理“农转非”。有了非农业户口本，就可以办理粮本，吃上国家每月定量供应的粮和油，还能领到肉票、布票等各种票证，买到平价的商品，过上好日子。正因为非农业户口的特殊性和优越性，不少农村人把它看作是人生的一大追求，千方百计办理“农转非”。追求是美好的，但困难很多，毕竟县城招工的单位少，每个招工单位一般也就三五个名额，而且招工的条件很高，所以“农转非”的难度很大。

80年代中期以后，劳动局和公安局放宽了要求，只要能提供单位盖章的接收函，就安排招工指标，办理“农转非”手续。于是县城不少单位采取变通的办法，把人招为单位职工后，如同袋子一样挂起来，不安排工作，待有机会再做安排，时间不限，如本人联系到新单位的，随时可以调出。这样一来，解决了不少人的户口问题，也让一部分知青顺利回到了城里。

国营企业的招工招干

国家与农民的互惠互利

无论时代怎样变化，就业始终是关系民生的一件大事。1978年之前，家乡博白县城国营企业实行的是招工招干（即招收工人和干部）制度。

70年代中期，在县城就业是很困难的，机关单位和国营企业的工人和干部需求很少，如需招工招干，都是面向农村，对象都是初中或高中毕业后回乡当农民的年轻人，条件一般都是政治上可靠、家庭成分好、参与社会活动多、热爱劳动的积极分子。当然也有特例，比如公社指定的人员。听说70年代初，县五金公司由于经营扩大、门店增加，需要招收几个职工，于是公司就按县里的规定到农村去招。经过大队和公社推荐，招来了几个男青年；后来县里成立女子篮球队，便从农村招来了几个女青年；到了1977年，又从沙河公社的农村招来了3个青年农民。

在我的记忆中，从农村招来的这些年轻人表现都很好，个个都成了公司的业务骨干，其中表现最突出的就是何明昌。他在五金公司的几十年，安分守己，一心为公司做事，重要的事件都参与，职工有困难都帮忙，上下关系处理得很好，几乎成了公司的承重墙。再说说张达富。他进公司后被安排在五金大楼的交通专柜，后来因为工作认真负责，被提拔为柜长，管理自行车的资源，但从不开后门，不计较个人得失，甘做老黄牛，所以年纪轻轻就被大家称作“阿张伯”。还有后来的黄光尚，由于字写得好，工作又踏实，被领导提拔为公司政秘组组长，直到现在还在这个岗位上。除了五金公司，糖烟酒公司、百货公司也从农村招了不少青年农民，其中有工人也有干部，他们的表现也很好，这里就不一一列举了。

到了80年代，国营企业的招工招干就与70年代相反了，一律都面向城镇，对象是待业青年。这种变化给当时的农村青年进城就业增加了难度，他们要想跳出“农门”，就只有考取大、中专院校，或是先当兵后转干这两条路。而今就不同了，只要有能力，工作哪里都能找到。时代在变，就业的方式和途径也在不断改变。

“以工代干”

工人也能当干部

“以工代干”，是指未办理提干手续就选调工人从事干部岗位的工作。它是70年代因干部任用制度不规范而出现的一种现象，涉及面较广。1983年，中组部、人事部还专门针对这种情况印发了《关于整顿“以工代干”问题的通知》，并提出了妥善解决“以工代干”问题的具体措施。从那以后，“以工代干”人员有的根据需要转为干部，有的回到工人岗位。我那时就是通过“以工代干”转为干部的，所以对当年家乡博白县城“以工代干”的情况比较了解。

我是农民的儿子，在农村出生和长大，于1976年年底到县城的五金公司工作，工作岗位是门市部的售货员，身份是工人。那时人们的温饱问题还未解决，就连那些生在城里、长在城里的青年，读完初中、高中后，也要响应号召上山下乡，到农村去插队落户当农民。我一个农村人能在城里的商业系统做售货员，吃上国家粮，不知是多少人梦寐以求的事。参加工作后，我在农村练就的“能吃苦”的基本功，在售货员的岗位上有了用武之地。一年多后，我被领导看中，在没有转为干部的情况下，以工人的身份直接调入行政机关——商业局，做打字员。当时我并不知道工人和干部的差别，只觉得商业局比五金公司好，不仅工作环境和条件好很多，工作也轻松不少：原来不是站就是走，还经常要费力搬货和送货，后来只需要坐着动动手就行了。工作一年多后，由于我表现好，得到了领导的认可，正式转为干部，不久后还入了党。

我那时的工作经历虽然不多，但也了解一些县城单位的基本情况，当时除了行政机关、事业单位，大多是全民所有制的国营企业，集体企业也有，但不多。在那个年代，行政机关、事业单位与国营企业似乎没有多大差距，工资和福利待遇基本一样。如果有需要且人才适用，国营企业的工人可以直接调入行政机关，也可以调入事业单位，不管是不是干部都可调动。那时绝大部分的企事业单位用人全看能力，并不考虑什么干部或工人的身份。记得当时县商业局调入的两三个人，也都是从下属公司选拔的，而且都是工人身份。一般来说，企事业单位的中层干部、办公室和财务人员都算干部岗位，但由于没有转干的机会和指标，所以每个单位都有不少的“以工代干”人员。

由于“以工代干”的现象太多，国家于1983年发布的《关于整顿“以工代干”问题的通知》里规定，今后一律不再使用“以工代干”人员，需要从工人中提拔干部的，要先办理转干手续。到了1984年，转干的机会终于来了。县人事局根据上级指示，要求各单位和企业把“以工代干”人员名单统计上报，并按一定标准进行考核或考试，合格者就能转为干部。这个消息一公布，全县城都沸腾了，人人奔走相告，符合条件的就开始备考。当时我爱人也是百货公司的“以工代干”人员，考试和考核合格后转为干部，之后还参加了县人事局举办的新干部学习班，学习结束后就正式走上了干部的岗位。

“亦工亦农”

临时“工”，真农民

“亦工亦农”，年轻一代对这个词肯定陌生。狭义上来说，这是一种劳动用工制度，起源于刘少奇在1958年和1964年两度提出的用工制度、固定工制度改革的倡议，核心原则是“能进能出，亦工亦农”，即农民不改变户籍性质及社会福利关系（包括口粮、医疗保障等），在企业和社队（即人民公社和生产大队）集体签订的劳动合同期限内，进厂、进公司、进单位工作，暂时改变职业身份，农闲做工，期满返农。“亦工亦农”人员，即农民临时工、农民合同工。借这个话题，我来写一写二十世纪七八十年代家乡博白县城

"亦工亦农"的往事。

那时候是农业时代，一切工作的开展首先要考虑是否有利于农业，是否有利于农村和农民，县城的机关单位和国营企业招工招干一律面向农村，连"亦工亦农"人员也从农村招。在那个时期，到农村插队落户的知青要返城也与农民一样，必须先经过大队、公社推荐，再由招工招干的单位从中挑选。那时县城招收的"亦工亦农"人员不多，一般招的都是单位食堂炊事员，除了煮饭炒菜，还要喂单位的猪，有的还身兼数职，工作很辛苦。

记得我在县商业局工作时，局里由于征用了城郊大队李屋生产队的几亩菜田建办公宿舍楼，就与他们建立了友好关系，但凡局里有福利都会先想到他们。局里的办公宿舍楼建好后设了一个食堂，需要招一名"亦工亦农"的炊事员，于是就从李屋生产队招聘了。最终，局里招来了李端光，他年近40岁，能说会道，不但饭煮得好，菜也炒得香，工作还很勤快，到单位不久就受到大家的称赞。

李端光的家离单位很近，只有10多分钟的路程，所以住宿和吃饭都在家里，不需要单位安排。每天早上5点多他就要到单位食堂来做早餐，洗了早餐的碗筷，接着又要去喂单位养的那一两头猪，接下来就是到菜市买菜，做午饭，洗午饭的碗筷，做晚饭，洗碗筷……每天都是这样来来回回地忙碌，一日三餐，几乎没有多少休息时间，很是辛苦。李端光每月的工资是30元，要交18元回生产队，剩下的12元才归自己使用。不过队里会给他记最高的工分，年终就可按劳取酬，分得口粮了。30元的工资在那时虽然不算高，但也不算少，我那时的工资也只有31.5元。

那时除了商业局招聘“亦工亦农”人员，百货公司和五金公司仓库的食堂也招聘“亦工亦农”的炊事员，招的都是附近农村的女青年。还记得百货公司食堂的那位女炊事员，长得漂亮，人又勤快，后来和公司里的小伙子恋爱结婚，婚后也恩爱。前几年我还在南宁的路上遇见他俩了呢。

顶职

退休的好福利

进入21世纪后，很多企业的退休职工羡慕行政事业单位的退休人员，因为他们不但退休金高，而且逢年过节原单位还发放慰问品。我也是企业的退休职工，说实话，企业的退休金与行政事业单位相比的确有差距，但我并不在乎，毕竟不同时期的政策总会有差别，很难做到项项平衡，人人满意。随着时代的变化，国家的各项政策也在变。回想70年代，国营企业的退休职工就比行政事业单位的退休人员强，因为国营企业（也含集体企业）的职工退休后，子女符合招工条件的，可以顶替父母参加工作，从此跳出“农门”，或从插队的农村回到城里，成为国家的正式工人，端上“铁饭碗”，吃上“国家粮”。这是当时国家针对国企退休职工的一项特殊政策，行政事业单位的退休人员是享受不到的。

那时候，我的家乡博白县城经济不活跃，物资匮乏，粮食紧缺，人们把不多的钱都用在了一日三餐和穿衣保暖上，有点积蓄的家庭至多买上一辆自行车和一台缝纫机，年轻人到了谈婚论嫁的年龄也就买只手表来装点门面。总之，人们的购买力不强，企业的生意不好做，所以也不轻易招工，这就导致了年轻人的就业困难。在这样的背景下，国家出台了顶职政策，这样企业补充新职工就不需要增加人员，也解决了职工子女的就业问题。这项政策对国企退休职工来说可是天大的好事，有钱也买不到，连在职的职工也兴高采烈，大家都积极做好工作，以实际行动来感恩党和政府的关爱。

由于政策好，机会也难得，所以当年在县商业局下属的企业里，上了年纪的职工都想退休，但年龄有限制，不是想退就能退的。唯一符合政策规定的提前退休就是患有疾病，但也需要经过医院的鉴定，出具疾病证明后由单位申报，经劳动局批准才能提前病退。那时，我父亲在县五金公司的石油仓库工作，由于长期与石油打交道，身体受到了影响，患上了疾病，就提前退休了。于是，当时还差一个学期才高中毕业的我，顶替父亲到了五金公司，成了一名正式工人。后来我又被调到县城的商业局和医药局工作，再后来被调到首府南宁，进了中石化。

记得我刚进五金公司工作不久，老职工阿王伯也退休了，他在北流农村的儿子像我一样，享受顶职的福利，到仓库做了保管员，从此也跳出了“农门”。阿王伯退休一年后，公司的张会计也办理了退休手续，他在乡下插队的儿子顶职回到了县城，在公司做了售货员。除了商业局下属的企业，邮电部门也执行顶职政策。我的一个初中同班同学，他的父亲是乡里的邮递员，长年累月骑着一辆邮政自行车送信送报到乡下，年龄一到就办理退休手续让他顶职。他初时也是在乡里的邮电所工作，后来被调到县邮电局做了会计。

岁月匆匆，几十年的时间一晃而过，我们这一代顶职的人也已到了退休年龄。回顾过往，真心感恩党和政府给了我们这样一个好机会，让我们过上了好日子。

第四篇

衣食住行 昔日景

柴米油盐、居家旅行，一天又一天的日常点滴，汇成了七八十年代的博白生活图景。

穿衣吃饭

的确良

的确凉？的确靓！

在这个日新月异的时代，中国人的穿衣打扮也日新月异，与旧时相比变化很大。如今人们穿衣不需买布料，也不需找裁缝师傅，到商超逛一逛或是在网上搜一搜，就可轻轻松松地买到称心如意的服装。回想70年代末80年代初，全国各地很少有现成的服装卖，商场商店卖的都是布匹，还要凭布票才能购买。布票就如粮票、肉票一样按人头发放，每人每年只能分配到1丈2尺布料，要做一身衣服是很难的。所以，想要给家中的老人和小孩做一套像样的新衣服过年，需要攒很久的布票。

20世纪60年代，为了解决民众穿衣难的问题，我国从国外进口了一种新式布料，就是现在我们所说的涤纶。开始售卖时，商家不知道怎么翻译布名，索性写上“的确靓”来卖。起初这种布料是面向城市销售的，因为不缩水、不变形，加之不需要凭票购买，一上市就被民众追捧。因为这种布料不用熨烫、耐磨耐穿，后来更是深受农村人喜欢，于是销售范围就扩大到了农村。一时间全国各地闻风而动，它也由最先的“的确靓”改名为“的确凉”，最后定名为“的确良”。

在我的印象中，的确良最早进入博白县城的时间应是1980年夏天。那时候我已在县商业局工作，在机关上班总穿一件从农村老家带来的破旧衬衫有点不体面，也有点热。于是我就到百货公司的布匹门市部去挑选布料，准备做一件新的衬衫。当我拿不定主意时，一个售货员主动向我介绍了刚到的进口货——的确良。她说这种布料价格不算贵，穿起来既大方又时尚。听她这么一说我就心动了，赶紧买了一块的确良，立马找到一位裁缝师傅做衬衫。一个星期后，我拿到了簇新的的确良衬衫，迫不及待地穿起它就去上班了。的确良衬衫的特点是易洗易干，又不起皱，不用熨烫，所以我几乎天天都穿它，一般都是晚上脱下来洗，第二天早上干了接着穿，毕竟当时也只有这件像样的衣服。但的确良衬衫也有缺点，就是不吸汗，一出汗衣服就湿了。

1980年，爱人（右一）穿着的确良衬衣，和好友留下了美好的影像

那时百货公司和百货集体店的布匹门市部大都设有一个的确良专柜，没有专柜的就摆在一个明显的位置售卖。每逢街日，县城周边农村的农民和县城居民都纷纷赶来选购布料。的确良作为一个新产品，大家都争先恐后地买，中午时还要排队等候。在这些排队的人中，年轻人和中年妇女是购买的主要群体，特别是年轻姑娘更是喜爱的确良，纷纷买来当作嫁妆和做嫁衣。在当时，如果没有一两件的确良的衣裳穿着出嫁，姑娘会觉得没面子，邻居看见了也会说“不够大方”或是“太寒酸”。

现在几十年过去了，估计只有老一辈的人才知道的确良这个叫法。的确良不吸水，不能烘烤，不保暖，不透气，随着时代的发展，在服装面料方面人们有了更多更好的选择，这种曾经风靡全国的布料也不再流行。

饭店

能吃早餐，可办宴席

当前，餐饮业已成为我国第三产业的重要产业，不论是城市还是县城，大饭店和小餐馆遍地开花，一些繁华路段还有美食城和美食街。每年春节前的十来天，餐饮业的晚市生意火爆，包厢几乎满座，年夜饭就更不用说了，不提前个三五十天可能都订不到。

回想70年代中后期，家乡博白县城的餐饮业却是另一番景象。县城里几乎没有个体饮食店，偶有几家也是藏在小巷和菜市间的小摊点，卖的都是一些落水包[①]、鸡窝粄[②]、云吞之类的小吃。整个县城只有几家饭店，而且都是县商业局下属的饮食服务公司开的，可谓是国营和集体饮食业独领风骚。

在我的印象中，当时县城的饭店有工农兵饭店、白州饭店、大新饭店、燕石饭店、车站饭店。如果按企业性质来分，工农兵饭店、白州饭店、车站饭店属于国营饭店，大新饭店和燕石饭店属于集体饭店。这些饭店的营业时间为早上5点半至晚上10点，卖的主要是饭、粥、粉和包子、馒头、油条。饭按碗卖，可以炒个肉菜，配半碟花生米，再加几两土米酒；粥有白粥、猪肉粥和鸡肉粥这三种；粉也有三种，凉拌粉、炒粉和煮粉，炒粉和煮粉可以根据顾客需要配一些肉或青菜。每天早上7点左右是饭店最热闹的时候，因为县城的单身汉和匆忙上班的职工，一般都到这里吃早餐。饭店的

---

① 落水包，广西博白冬至必备的特色小吃，主要原料为糯米粉、猪肉、蒜苗、鱼肉等。

② 鸡窝粄，由米浆蒸制而成，因蒸熟后有个窝，故名鸡窝粄。

员工个个手脚麻利，否则就应付不了那些排成长队赶着买早餐的人。那时我也是单身汉，住在五金大楼，每天早上一起床就匆忙赶到饭店，买碗猪肉粥吃了就上班，味道说不上好或不好，反正那时我吃什么都香，毕竟油水少，总是吃不够。

记得当时县城最高档的饭店有两家，一家是工农兵饭店，另一家是白州饭店。因为白州饭店后来改建为茶楼，又改名为实验饭店，所以我主要说说工农兵饭店。工农兵饭店在五金大楼对面，有两层营业楼。一楼是吃饭大厅，一般用于招待散客，大厅里摆有20多张饭桌，中间隔着一个售卖台，里面是厨房和食物加工场地。二楼是宴席大厅。当时县城只有这里适合摆酒席，不但因为场地够大够气派，而且因为饭店里有一个县城最有名的大厨——温五叔，饭菜的味道也不错。能吃上他亲手做的菜，也算有福。

温五叔平时一般不亲自动手做菜，都是指导徒弟做，唯有做酒席时才亲自上阵。温五叔的拿手好菜有好几个，比如蛋卷、炒三丝（鱿鱼丝、肉丝、粉丝）、大鸡三味、甜酸扣肉、姜丝炒鸭片等。每次下厨，他总是头戴一顶高高的厨师帽，身上系一条白色的大围裙，旁边站着两个徒弟帮忙递配菜和配料，三下五除二，一道道热气腾腾、色香味俱全的菜就做好了。

因为温五叔的菜做得太好，一些人家办家宴时也想请他到家里做菜，但若不是好友或亲戚，一般给钱也是请不动他的。记得我第一次尝到他做的菜，是在单位一个同事办婚宴时。当时在工农兵饭店，菜品有八九种那么多，味道都很不错，其中最有特色的是甜酸扣肉，配料很合适，火候也把握得好，刚出锅就端上来，热气腾腾的，一块入口，不肥不腻，几种味道混合在一起，那滋味，回味无穷。

博白蕹菜

博白“青龙”誉海外

博白地处桂东南，山不高，地不平，山丘连绵，气候温和，盛产荔枝、龙眼和蕹菜，名扬海内外。特别是蕹菜，早在2011年就被评为国家地理标志保护产品，成为博白的特色蔬菜，在当地更是有“蕹菜送白粥，张口不知足”的说法。传说古代一位诗人吃了博白的蕹菜后赞不绝口，留下“席间一试青龙味，半夜醒来嘴犹香”的诗句。据《广西传统食品》一书记载，中国现代语言学家王力先生曾对博白蕹菜做过考证，认为博白蕹菜是同类蔬菜中的上乘品。中共召开“九大”及“十大”时，博白蕹菜被空运到北京，做成了美味佳肴，登上了大雅之堂。博白蕹菜还曾在美国旧金山唐人街的菜场出售过，虽然经过冰冻，但售价与鸡肉相当……

回想七八十年代，我在博白县城工作时，只有县政府对面的南门塘和饮马江、东圩塘、南园、鸡心塘、北街口种植蕹菜。这些地方的蕹菜田，泥深土肥，灌溉方便，经常能保持4～5寸的水层。菜农们施用的肥料全部是腐熟的农家水肥，从不施化肥。说到这，我要特别提一提南门塘，这里已有100多年的蕹菜种植历史，而且这些田只种蕹菜，不种水稻。村里的农民种植蕹菜也很有经验，种出来的蕹菜茎长叶少、叶尾尖细、鲜绿脆嫩。把菜茎折断，伴随着清脆的咔嚓声，断口处立即卷缩，状似喇叭，就算用锋利的刀也无法将茎口切平。更神奇的是，南门塘的蕹菜煮熟后，第二天仍能保持原来的青绿色泽。

县城的人都知道这里的蕹菜是上等品，所以菜一上市就被抢购一空，当地人不但自家吃，还当作礼品送给外地的亲朋好友。正因如此，南门塘的人都说蕹菜田就是他们的谋生之地，村里有不少种植技艺世代相传的种植高手，很多村民都靠种蕹菜维持家庭开支。但即使是高手，一旦离开这里的田，也很难种出好的蕹菜，这就是几十年来博白县城以外种不出好蕹菜的原因。可惜的是，这些曾经长期用于种植蕹菜的水田现在已被征用，建了房屋，所以菜农们只好到县城外围种植。如今博白蕹菜的种植面积是扩大了，产量也提高了，但许是土质和肥料改变的缘故，口感没有过去好了。

七八十年代的时候，博白人的生活水平不高，猪肉也匮乏，所以大家很少吃肉，都是吃些青菜和豆制品。青菜里又数蕹菜吃得最多，每年从3月一直吃到10月，一日两餐，几乎都能看到它的身影。尽管经常吃，但总也吃不厌。我吃了几十年的博白蕹菜，对它的做法也有一些心得，特别是如何让蕹菜炒出来后不变黑，方法有两种：一种是水焯法，把水烧开，加些白酒和猪油，然后迅速将蕹菜放入水中不停地翻动，煮到八九成熟后捞出，压干水分，再把事先准备好的油和调味料淋在蕹菜上。另一种方法是爆炒，大火把锅烧热后，放猪油、白酒和蒜蓉，炒香之后再放入蕹菜爆炒，最后加入作料，起锅。

这些就是我对博白蕹菜的一些记忆。真诚地邀请你在蕹菜上市的季节来博白一趟，尝尝这美味的“青龙过海”。

博白白切

好食材，不惧白切

中国地大物博，各地的美食数不胜数，如果一个小地方想吸引游客，没有名胜古迹，就要有特色美食。说起我的家乡博白，自古以来就因蕹菜闻名，现在又因为白切肉走红，“博白风味”走向了广西各地，尤其是首府南宁，博白白切已遍布街边小店和各大饭店，喜欢它的食客越来越多。其实博白白切并不是近年新创的美食，而是一种传统的做法。在博白，不论是县城还是乡下，不论是过去还是现在，白切美食家喻户晓，人人都爱吃。

那时正是改革开放前后，县城的人们虽谈不上富裕，但人人都在努力，尤其是年轻人，不是到广东打工，就是在街边开个摊，有口才的卖东西，有厨艺的就做饮食。因为做白切比较简单，容易操作，所以当时个体户纷纷在街上摆白切摊。他们早上买来鸡、鸭、粉加工好，再准备些酱料，中午和晚上摆上几张桌椅就可以开摊了，投资少，见效快，收摊时一算就能知道当天赚了多少。白切摊卖的白切品种大都是白切鸡、白切鸭和白切粉，中午的生意一般般，但一到晚上就很热闹，三五个人一桌，一下子就坐满了，来迟了还得排队。大家吃白切时点的菜都差不多，一碟鸡、一碟鸭、一碟粉，配上一碟蕹菜，再点上一瓶啤酒，边吃边聊，享受美食与闲聊的双重乐趣。

那时我在吃遍了全城的白切鸡、白切鸭后，最终认定白州电影院旁边的两个大排档，觉得这两家的白切最好吃。一是因为他们选择的鸡鸭品质好。鸡鸭都是农家养的，放养在乡间，早晚喂些剩粥剩饭，不像现在的鸡鸭都是关在笼子里喂饲料，肉不结实，味也不香。二是因为这两个大排档加工鸡鸭的手法独到。把鸡鸭杀好后，放在一个大铁锅里用柴火煮，煮熟后就到了最关键的一道工序——过冷河。这个过冷河很有讲究，要把水烧开后彻底冷却，再把刚煮好的鸡鸭浸泡进去，这样做出来的鸡鸭味道才会鲜美。酱料也很重要，要下足功夫：好的花生油是前提，酱油也必须纯正，将它们按比例调好后放入锅中加热，再撒上一些打碎的花生米和大蒜，这种独特的白切酱料就做好了。夹一块肉，再蘸一些酱料送入口中，那种鲜美独特的味道真是越嚼越香，让人忍不住一块接着一块往嘴里送，总也吃不够。

再说说白切粉。博白的白切粉可不是随便哪个地方都能做出来的，它用的原料都是最好的本地米。大米经过浸泡后，用石磨磨出米浆，在蒸托中薄薄地铺上一层，只需大火蒸两分钟，一片薄如纸的米粉就出锅了。吃的时候切上几刀，加入一些酱料，那口感真是软嫩香滑，吃上一口就终生难忘。

“老鼠拱被胎”

猪油蒙了肉和肝

在广西，提到博白大多数人都会说：“这个县客家人最多！”确实，博白是世界第一大客家人聚居县。客家人勤奋好学，出了不少读书人，也出了不少生意人，就连做菜也独具特色，有些菜还成了博白的特色菜。比如在博白县2018年特色美食评选活动中，获评博白“十大名菜”之一的“老鼠拱被胎”。

回忆70年代末80年代初，我还在博白县商业局工作，那时候是计划经济时代，社会上的餐馆、饭店很少，所以从县城到乡镇，大一些的机关单位一般都设有食堂，单位的干部职工吃饭都到食堂，就连上级领导来检查工作也都是在食堂接待。因此各机关单位都十分重视食堂的管理，设有管理食堂的总务，连炊事员都是请的有一技之长的厨师。那时各公社的食堂很兴旺，特别是龙潭公社的食堂，炊事员是一个叫罗大伯的大厨，会做很多客家菜，每道菜都色香味俱全，因此每天食堂都爆满，就连旁边的居民也想来尝尝。但由于食堂只对本单位的职工开放，外人就只好找熟人帮买。

那时罗大厨带有一个徒弟，名叫张九慈，是龙潭人，讲一口标准的新民话，大家都叫他六哥。六哥自小在农村长大，能吃苦，为人大方，说话又爽快又响亮，逢人就打招呼，深得罗大厨的喜欢。于是罗大厨就把他做菜的绝技都毫无保留地传给了六哥，特别是那道龙潭人逢年过节、家宴喜酒都要上桌的“老鼠拱被胎”。那时六哥20多岁，勤奋好学，经常加班加点在厨房学习、干活，几年时间就接替了罗大厨掌勺，把龙潭公社的食堂搞得有声有色。

记得县食品公司的经理去龙潭食品站检查工作时，每次都要到公社食堂吃饭，为的就是尝尝六哥做的“老鼠拱被胎”，而且越吃越上瘾。后来县食品公司的领导就与公社协商，把六哥调到了食品公司做食堂的总务。那时的食品公司可是很吃香的单位，不但有肉票发，而且买猪肉也方便些，所以很多人做梦都想进去，但没有特长根本不可能。六哥过去后，带领炊事员们把食堂的饭菜做得很好，受到干部职工的称赞。

不久之后，食品公司的上级商业局的领导也发现了六哥这个人才，于是又把他调到商业局做总务，负责管理食堂。这样，每当商业局召开下属公司的工作会议时，六哥就亲自下厨，而那道“老鼠拱被胎”自然也少不了。有时食堂忙不过来，我和一些年轻职工就要到厨房当六哥的助手，于是我便有机会亲眼看六哥做“老鼠拱被胎”了。第一道工序，把七成瘦三成肥的猪肉剁碎，然后加入五香粉和其他调味料，拌匀后把猪肉捏成一个个小团；第二道工序，把猪肝切成小块，将预先准备好的香料粉末[①]和生抽按比例调好，然后淋到猪肝上并拌匀，接着就把猪肝放到铁镬上慢火煎出香味；第三道工序，取一小团猪肉，加入两三块煎好的猪肝，再用一块猪网油把它们紧紧地包起来，每个的重量须控制在8钱至1两，这样一个生的“老鼠拱被胎”就做好了；第四道工序，把生的“老鼠拱被胎”放进蒸笼，大火蒸10~15分钟，出笼后立刻上桌，让食客们趁热吃。这些热气腾腾的“老鼠拱被胎”晶莹剔透，吃起来口感嫩滑且肥而不腻，让人回味无穷。

这道菜之所以叫“老鼠拱被胎”，是因为包在外层的猪网油很像家用的被胎，里面的猪肉泥和猪肝颜色很像老鼠，整体看起来就像一只老鼠钻进了被胎出不来的样子。如今人们生活富裕了，更注重饮食健康，大多觉得吃太多肥肉会导致肥胖，所以用猪网油做的“老鼠拱被胎”已不像七八十年代那么流行了。我也很久没有吃过这道菜了，但依旧难忘它的美味。

---

① 这种香料粉末需要提前准备，一般先将大茴香、小茴香、陈皮、黄皮等几种中药材洗净烘干，再放入锅中炒香，接着碾碎后把粉末筛出备用。

杨桃摊

杨桃与味水的绝配

在南宁的街头时常能看到酸嘢摊，不论男女老少，似乎都很喜欢这种让人开胃的小吃。这让我想起了80年代中期家乡博白县城的杨桃摊。

那时候我在县城工作，买菜时看大家菜篮里装的都是青菜豆腐，鱼和肉很少，水果几乎看不到。倒不是人们不想吃水果，而是那时的收入少，所以大家都节省开支。更何况水果也少，既没有专门的水果市场，街边也没有水果店，只有一些地摊摆卖本地水果，比如荔枝、龙眼、地菠萝、橙子、柑橘、杨桃等。

在这些本地水果中，我最喜欢吃的是甜杨桃。这种甜杨桃属于热带水果，产自县城附近的农村。农户们把它种在自家的房前屋后，不需专门护理，它就能长得很好。甜杨桃树不高不大，每年七八月份果实成熟时，一伸手就可以摘到。记得那时文化路商业局对面的城中村黎屋那片有几棵甜杨桃树，果实成熟时还吸引了不少人来照相呢。这些甜杨桃成熟后不愁销路，地摊客会主动上门收购，然后拿到街上去卖。

那时工商部门为了活跃市场、搞活经济，也为了给个体户创造就业机会，在县城中心的老街开设了夜市。这个夜市有各种各样的地摊，每当夜幕降临、华灯初上时就开市，吸引了很多人。其中燕石饭店到火烧楼这一段摆的都是水果摊，卖一些本地的时令水果。摊主是县城的居民，有男有女，用扁担挑着竹箩来摆摊，做一些小本生意。

在这些水果摊中，最有特色的就要数杨桃摊了。杨桃摊基本一个样子：一个竹箩，箩上放个竹箩盖，盖上摆一些甜杨桃，旁边是一把小秤和一块薄薄的小切板，还有一些小碟、小碗和竹签。在竹箩周围摆上几张小小的木凳就可以开摊了。一有食客光顾，摊主就会热情地招呼他们坐下，先让他们选好甜杨桃，过秤后再用刀剥去突出的硬边，切出一块块像五角星样的甜杨桃片，然后摆在碟子里，配上一碗预先调配好的味水，一起端给食客。吃的时候，只要用竹签叉起甜杨桃片，蘸上味水，送入口中，就能享受这种清甜爽口的美味了。

记得每次我和朋友去吃都会上瘾，总是加秤加切，每人不吃上一两碟是不会离开的。这个味道之所以诱人，除了甜杨桃本身的甜脆，还有味水的功劳。这种独特的味水一般是用白糖、香菜、辣椒、酸醋等几种调料调制而成，酸、甜、香、辣俱全，与甜杨桃真是绝配！只要吃上一回，保证你终生难忘。

粉丝

坐拥无数老"粉丝"

提起粉丝，现在的人首先想到的可能是追星族——fans，然后才反应过来，它其实是一种副食品。粉丝形状又长又细，可以用来做菜，也可以用来煮汤，还可当主食，吃起来既柔软嫩滑，又劲道爽口。回想七八十年代，粉丝在我的家乡博白县城特别受欢迎，拥有众多"粉丝"。

那时还是计划经济的年代，粮食和副食品都紧缺，粮油和猪肉都是定量供应，粉丝这种副食品也不例外，生产要按计划，销售也要凭票。当时县城负责生产粉丝的工厂是粉丝厂，这是一家国营企业，设在新码头路的尽头，在南流江边，因为生产粉丝用水多，所以排水也多。厂的规模不算大，但也有好几十号工人。他们可是县里人人都羡慕的对象，不但有粉丝吃，工作也轻松。粉丝厂生产出来的粉丝全都卖给了县糖烟酒公司，价格也是县物价局定的，所以从不愁销路，利润也可观。

再说说那时负责销售粉丝的糖烟酒公司。公司是商业局的下属企业，经营的商品有日常生活所需的油、盐、酱、醋、茶、糖，还有独家经营的香烟和白酒，当然也少不了人人都爱吃的粉丝。那个时候好吃的东西不多，也难买到，人们吃不够，嘴也馋，所以粉丝就成了一种“宝藏美食”。人们对粉丝的热情，平时还不算明显，但逢年过节和办酒席的时候，邀请亲朋好友吃大餐，那是肯定要来上一两碟粉丝的，它与白切鸡、扣肉是同等的地位，少了就不像过节，也不叫大餐，还会被客人在背后说“不够大方，小气！”

正因为人们有这样的饮食习惯，所以糖烟酒公司作为粉丝的批发和零售商，一点都不敢懈怠，离过节还有很长一段时间就到全国各地去参加商品订货会，想尽办法签订粉丝的购进合同。但因为当时全国的物资都紧缺，所以粉丝也不是想订就能订到的，往往只能订到很少一部分，始终满足不了市场需求。平时的小节还可以勉强应付，但一到春节，糖烟酒公司的压力就大了，因为全县每家每户过年都要准备几斤粉丝，加起来是一个不小的数目。

我记得每次过年前的10多天，县商业局的领导就和业务股股长一起到糖烟酒公司开会，商讨如何安排春节市场的副食品供应问题，其中粉丝是最重要的议题。大家在会上要把粉丝的库存清点好，并根据各乡镇及县城各单位的人口数量进行分配。乡镇的粉丝先分配到各供销社，再通过供销社供应到每家每户。县城的单位则是分配粉丝票，单位职工凭票到糖烟酒公司各门店的供应点购买。因此每年除夕前的两三天，供应点总有很多人来购买粉丝，有时还要排队，甚至要排一两个小时才能买到。

在我的印象中，每年过春节父亲都会亲自操办过年吃的食品，除了备鸡备扣肉，还要备几斤粉丝，因为家里人都爱吃。新年时家里几乎每餐都吃，做法也有好几种，比如芙蓉煮粉丝、炒三丝（粉丝、肉丝、鱿鱼丝）、粉丝汤等。尤其是粉丝汤，用鸡汤做汤底，加入粉丝和黄花菜一起煮，味道很是鲜美，我中餐和晚餐都要喝上一碗，喝不上就好像缺点什么似的。

肥皂

洗衣又洗澡？

肥皂是人们洗衣的日用品，看起来简简单单，像一块小砖头，但很多人都需要，少了也不方便。如今，肥皂在商店和网上都很容易买到，不但价廉，货源也充足。回想七八十年代，就是这样一种在现在看来再普通不过的日用品也要凭票供应，有钱也不一定能买到。

那时候，县城的非农业人口买米买油都要凭粮本，买肉买布也需要凭票，买车买表[①]还要搞批条，甚至走后门才能买到。肥皂属于工业品，也是紧缺商品，因为那时国家轻工业还没有发展起来，所以制造肥皂还是老一套，用的原料是油脂。当时的油脂连人们吃饭都满足不了，更别提用来做肥皂了，因此就出现了肥皂供不应求、严重短缺的局面。

在肥皂普及之前，人们洗衣洗手都是用洗衣粉，而在洗衣粉普及之前，大概是我在乡下老家读小学一二年级的时候，村里人洗衣都是用一块搓衣板和一根木棒，反反复复地搓和打，有时也把灶里的草木灰当洗衣粉撒在衣服上，搓打后就在河里清洗干净。村里的妇女洗头用的是茶麸水和稻草水，一些村民洗澡更是简单，一桶水从头淋下，抹干就了事。直到1973年，大队的代销店有洗衣粉卖了，大家才用上，有时我也用洗衣粉来洗头。总之，到县城工作之前，我没见过更没用过肥皂。

1976年冬，我到县城工作，第一次在商店里见到了肥皂，但还买不了，因为当时肥皂一律要凭票购买。那时，百货公司是肥皂的独家经营单位，也管理着肥皂的分配和供应，不但要把肥皂分配到各乡镇供销社，还要把印好的肥皂票分配到县城各单位，个人需要使用时就凭票到指定的百货

---

① 这里的“车”指自行车，尤其是凤凰牌自行车；这里的“表”指手表，尤其是上海牌手表。

门市部购买。肥皂的供应都是按人头计算的。

记得当时百货门市部卖的肥皂只有建国牌，每条肥皂的价格为0.42元，有3小块，先收票，后付钱。那时县城虽有洗衣机卖，但一般人买不起，大多数人还是手洗衣服。一般都是把衣服拿到一块水泥板上，摊开，抹上肥皂，然后就用手反复揉搓。我们单位里的职工一般洗澡洗衣都会到食堂去，因为食堂旁边建有一个大水池和几个洗澡房，有热水供应。一到晚上六七点钟，那里就会热闹起来，大家凑在一起边洗衣服边聊天，有说有笑。因为那时香皂是高档日用品，一般人买不起，所以大家一般都用肥皂来洗澡。

这就是我对那个年代肥皂的记忆。

木柴和木糠

那段劈柴晒糠的往事

当下不论是饭店、饭堂，还是家里的厨房，炒菜大多使用燃气和电力，既方便，又干净。时代的变化带动了燃料的发展，让人们的日子过得更好了。回想七八十年代，我在家乡博白县城工作时，炒菜的燃料与现在相比，真是落后极了。那时候，从街上的饭店到单位的食堂，还有每家每户的厨房，都砌有一个柴火灶，炒菜都是用木柴做燃料。

先从单位的食堂说起。那时县城的单位一般都有一个食堂，以解决职工的吃饭问题。毕竟饭店要收粮票，还要赚钱，饭菜一般都不便宜。单位食堂除了有饭厅和厨房，还必须配一间柴房，专门用来存放木柴。这些木柴都要从山区的乡镇购买，每次一买就是一大车。单位派车去买木柴时，必须到县林业局办一张木柴运输通行证，否则在运回的途中会被林业检查站拦住，过不了关卡。之所以了解这些，是因为那个时候我一般都在单位食堂吃饭，有时木柴运回来后人手不够，我也要帮忙搬运。

到了80年代中期，我成了家，有了小孩，一家人都要吃饭，所以作为家长的我也开始操持厨房的一些琐事了，除了油、盐、酱、醋、米，还要操心木柴的事，不然就“难为无柴之炊”了。那时我家的厨房在单位一楼会议室的后面，属于单位搭建的临时用房，面积有八九平方米，是局里一位副局长设计并砌成的，很实用。这位副局长是老革命，老武工队队长出身，他被调到县政府后，单位把这间厨房安排给了我使用。我接手这个厨房后，没有改造就直接使用了。

当时炒菜都是用木柴，每天的用量也不少，所以我平时到县城的柴行买木柴，每次都买一两担，确保够用一个月。因为家里没有专用的柴房，所以买回来的木柴只能堆放在单位食堂的一条通道旁边，虽然不雅观不整齐，但在那个年代，大家都这样放，单位也不管。记得那时，每个星期的休息日，我不但要搞第二职业，还要抽空把下个星期要用的木柴锯好、劈好，忙得不可开交。

除了准备好炒菜用的木柴，我还要准备平时烧水、炖食物用的燃料。这些燃料比炒菜用的还多，于是我就用木糠来代替木柴，而且它比蜂窝煤好，没有臭气，也方便。木糠在当时可是紧俏货，虽然没有粮管所的米皮糠那么金贵难买，但也要找熟人才能买到。那时县城只有一个国营木材加工厂卖木糠，就是厂领导拿着木糠批条去买也要排队。于是我只好到山区的那林乡去找一个农民朋友帮忙。我的这个朋友身高起码有两米，每次我找他买木糠，他总能买到，还帮我运出来，真的非常感谢他。每次买到木糠后，我就在文化路上晒个两三天，晒干后就装入麻袋，拉回单位的人行道旁边存放。多亏了这些木糠，我家烧水、炖食物的燃料问题才得以解决。

当然，除了木柴和木糠，那个年代的家庭也有用蜂窝煤来烧水、炖食物的。从70年代末开始，一些家庭还用上了电饭煲。慢慢地，木柴和木糠的使用越来越少，逐渐只存留在人们的记忆中了。

住宿交通

大旅社

旧时最受欢迎的“酒店”

我们外出，不管是出差还是旅游，都需要住宿。现在的住宿有很多选择，宾馆、酒店，还有新兴的民宿，品牌也极多。回想70年代我的家乡博白县城，那时也有宾馆和酒店，但大都叫旅社，只有国营和集体两种性质，而且都由县饮食服务公司经营。

那时候县城不大，只有南街、大街、新兴街、兴隆街和文化路这几条老街，交通也不方便，外地的游客并不多，大多是从乡镇上来办事的人，所以除了县政府招待所，住宿方面能选择的只有博白大旅社和红光旅社，还有燕石饭店楼上的两层客房。红光旅社和燕石饭店楼上的客房并不多，即使住满也就五六十人，接待的都是一些散客。但博白大旅社就不一样了，客房多、设施全、位置好，如果按照现在的标准，它应该称作“酒店”。

先说说客房。大旅社的客房有3层，100多间，床位将近300张。每层楼的中间有一条大通道，通道两边是客房，方便管理和服务。客房有大有小，大的可放3张床，小的也可放两张。床都是木床，没有床垫，夏天铺席子，冬天加张垫被，每张床都装有老式的蚊帐。每间客房都配有一个热水瓶，每天早上会有服务员来加满水。房间内没有独立的卫生间，上厕所和洗澡都要到每层楼尽头的公共卫生间和洗澡房，洗澡房每天早晚都有热水供应。

再说说配套设施。当时大旅社内有一个大的停车场，可以同时停30多辆小汽车。服务总台设在一楼的大门口，没有大堂，只有一个20多平方米的出入大厅，旁边摆着几张木沙发。大旅社有一个大饭堂，厨房、厨师都配有。饭堂可以摆20多张桌子，能同时招待200多人就餐，每到开饭时间，这里就特别热闹，像个大饭店。因为大旅社饭堂的饭菜品种多，而且价格便宜、味道正宗，所以不少附近的居民常常来这里打饭菜，一些人结婚也在这里办喜宴，甚至有些单位开会也来这里吃住。更为方便的是，旅社大门两边和对面有很多商店和一两个理发店，购物和理发都不成问题。

最后说说地理位置。大旅社地处南街，进出县城的人大多要经过，出入十分方便。加之这里价格便宜，一般民众也住得起，所以平时乡下人进城，首选都是大旅社。那时各乡镇供销社驻县城的采购员也都在这里租房住，一般是租一间两张床的小房，既可以当作采购员的住宿地，也可以当作供销社驻县城的办事处，一举两得。因此，全县28个乡镇，除了城厢供销社，其余供销社都在大旅社租房，每天人来人往的，显得很热闹。特别是从1982年开始，由于各乡镇到广东沿海城市打工的人越来越多，博白开通了至广州、深圳等地的直达班车，这些客运班车都在大旅社的停车场上下客，大旅社变得更热闹了，成为那时县城最兴旺的旅社。

汽车站的客运班车

铁打的班次，满满的乘客

如今探亲访友、出差旅游，可供选择的交通工具多种多样，可以乘坐高铁，也可以搭乘飞机，还可以自驾或者坐大巴，十分方便。随着时代的发展，交通的变化真的很大。回想七八十年代的中国，高铁尚未出现，飞机普通百姓坐不起，大家出远门坐得最多的就是大巴了，也就是当时人们口中的客运班车。

那时候，班车走的大都是未达标的二级公路，博白县的公路与全国多数县份一样，还是泥沙路，路面没有沥青或水泥，汽车一过便卷起滚滚尘烟。那时县里的乡镇都是这样的公路，都通班车，交通便利的乡镇每天有多个班次经过，偏远的乡镇每天只发一班，朝发晚归，可以说是流水的司机，铁打的班次。

当时县里经营汽车客运的单位只有博白汽车站一家，隶属玉林汽车总站，整个客运系统实行人、财、物一条线的管理模式。那时的汽车站占地面积很大，货车和客车都有，大多是老式的解放牌。客车大约有30辆，样子虽然老旧，座位也有点硬，但很实用。每天晚上，末班车回到车站后，车子能停满整个大院。

70年代末，汽车站还没有一栋像样的建筑，都是一些老旧的平房，就连客运楼也破旧不堪。到了80年代初，汽车站鸟枪换炮，建起了一栋五六层高的客运大楼，每层的建筑面积都有将近2000平方米，外墙也贴上了当时最时尚的马赛克，整栋楼显得高端大气，过往的人都要抬头看一看，甚至有人特地跑去参观，一时间客运大楼成了县城最热闹的地方。

新的客运大楼建好后，每天从早到晚去那里搭车的人川流不息，一楼的售票大厅和候车大厅常常坐满，人声鼎沸。博白是个人口大县，由于乡镇多，客运线路也多，所以每天发车的班次也特别多。好在售票大厅上挂有一张发车时间表，各条线路的发车时间一目了然，方便人们购买车票。当时不论是县城的人到乡镇，还是乡镇的人到县城，不管是办事还是购物，都是坐汽车站的班车，因此来买车票的乘客经常要排长队。这还没什么，最怕的是来晚了买不到票，因为有些乡镇每天只发一班，来晚了只能买第二天的票，坐第二天的车。

那时候，客运班车的管理不像现在这么规范。现在的班车都是时间一到就发车，在路上既不落客，也不搭人。但因为七八十年代的县城没有的士，也没有搭客的三轮车和摩托车，只有一些速度极慢的客运自行车在街头等客，一般人都不愿意搭，所以如果与班车的司机或售票员熟悉，也有中途上下客的特例。那时的班车上总是坐满了人，就连中间的通道也站满了人，车里的乘客连脚都迈不开，但不管怎样难受，哪怕别人踩到了自己，也只能忍耐。

印象中，那时在汽车站当个班车司机或售票员是很光彩的，常常会有亲朋好友求着帮忙办事，不是买汽车票，就是半路落个客、搭个人。当时汽车站有个叫十八叔的班车司机，是博白街上人，高大帅气，为人热情，对乘客也好，有时乘客需要带些米皮糖或小物品，他也乐意帮忙，大家都称赞他是博白的“外交司机”。

私营的货运汽车

担惊受怕的第二职业

如今驾车行驶在高速公路上，我们会发现除了小汽车，还有各式各样的货车。各种大小、样式、颜色不一的货车在路上奔驰，看起来也是一道美丽的风景。短短40多年的时间里，我国的汽车运输业飞速发展，变化之快让人难以想象。回想80年代初期，汽车并不多，私营的汽车就更少了；到了80年代中期，随着改革开放的推进和城市经济体制的改革，汽车运输业开始迅速发展。我是那个时代的过来人，也参与过汽车运输，作为汽车运输发展的见证者，我想讲讲80年代中后期，家乡博白县城的私营汽车。

那时候，乘着改革开放的东风，人们的思想异常活跃，行动也很积极。农村的年轻人到广州、深圳打工，县城的居民开店经商、办企业，机关单位和企业的职工也坐不住，不是辞职或停薪留职下海，就是利用业余时间搞第二职业。总之，小小的博白县城一时间热闹了起来，兴起了一股经商的热潮，不但年轻人投入其中，中年人也不甘落后，都想借机赚点钱，改善生活。

那时，汽车运输业是县城的热门行业之一，无论是客运还是货运，热度都很高。有的人投资购买客车跑广州、深圳，每天从县城发好几趟车，车车都满座，生意十分火爆。还有的人投资购买货车搞货物运输，县城每隔三五天就有一辆新车开回来，摆满了大街小巷，街道都变成了停车场（那时还没有城管人员，汽车可以随意停放）。

记得那时的货运汽车只有东风牌和解放牌这两个好牌子，大多数人买的都是东风牌，因为当时的老解放已落后，新解放还未出产。人们购买货运汽车的资金，大多是从银行贷款，都要抵押和担保。那时银行也比较开放，各大银行都开设有对私业务，可设个人账户，有些银行还专门成立了面向个体户的信用社，所以符合条件的人，一般都可从银行贷到购车款。由于资金问题得到了解决，县城的货车越来越多，三五辆车就能成立一个车队，对外承揽运输任务。记得当时县城最先做货物运输生意的是新兴街的朱其荣，以及商业局一个副局长的俩儿子。他们买的都是东风牌汽车，每辆车每次可以运输10吨左右的货物，但大多数情况下都会超过12吨。这些车每天都在拉货，看着生意不错。

看他们尝到甜头后，我也坐不住了，打起了买车做货运生意的主意。在没有资金和房屋抵押的情况下，我从一个好友那里借到了几万元，虽然利息有点高，但不需要担保和抵押。拿到借款后，我还没来得及详细了解货运市场行情、车辆性能以及油价等情况，就匆匆忙忙赶到南宁机电公司买了一辆东风牌汽油货车和一个拖卡。办理了各项手续上好车牌后，立马做起了货运生意。我请来了一个司机，让父亲当车辆管理员，每天跟着车辆出发；我兼职当调度，利用下班时间找货源、收运费。

做货运生意的那一年半时间，着实是辛苦。首先是找货难。因为当时县城的工厂和企业并不多，货源不足，运输的货物大都是水泥、煤炭、钢材、木材、粮食、麦皮等，所以每天下班以后，我都要四处打听哪里有货源。有时为了抢货源，车主们争相降价，甚至降到几乎没有什么利润的程度。找货难是一方面，每天最担心的还是货车在外面的安全问题。每次货车回来后，我都要检查车辆，确保没有安全隐患，然后交代好父亲和司机第二天要去的地方和拉的货才回家。若是遇到特殊情况车子不能按时回来，我就一直等候，真是吃不下睡不着，直到车子安全到达才放心回家，有时回到家已经过了晚上11点。平日里，每次门卫叫我听电话我就心惊肉跳，因为这种时候一般就是货车出事故了，撞车翻车我都不是很怕，最怕的就是人受伤。也就是那段时间，我深深地体会到了当老板的不容易，特别是做汽车运输这一行，车子行驶在路上真是每分钟都有危险，时时都提心吊胆，天天都睡不好觉。

经营一年半之后，我就把车子卖掉不干了，除了因为事故多，还有汽油费用过高的缘故。都怪我当初买车前没有认真了解燃油的使用情况，匆忙买回了一辆使用汽油的货车，经营一段时间后才发现汽油的价格比柴油高，加之汽油车用油量大，动力又比柴油车差，导致运输成本过高，最后只能及时退出止损了。

这段做货运生意的经历虽然以失败告终，但我也积累了不少经验和教训，更重要的是经历过那些困难后，我就什么困难都不怕了，遇到再大的困难也能克服。

单位的小汽车

身份和地位的象征

如今城市的大街小巷都能看到小汽车，遇上上下班高峰的堵车时段，走路都比开车快。即便在乡下，小汽车也随处可见，村里的晒谷场都快要变成停车场了。时代在进步，小汽车已开进千家万户，成了人们常用的代步工具。回想七八十年代我在博白县城工作时，情况可大不一样，小汽车最重要的功能不是代步，而是象征财富和身份。整个县城除了大的机关单位和企业有小汽车，个人几乎没有，如果有，那这个人就是暴发户了。

记得那时候，县委、县政府有几辆小汽车，都是北京牌吉普车，坐车的人都是县委正、副书记和正、副县长。一些县直的单位也有，但少之又少，坐车的人一般也都是正、副职。规模比较大的企业也有小汽车，但不会超过两辆，坐车的人自然也都是老总。

80年代初我在县商业局工作时，也坐过小汽车，但我不是领导，至多就是搭个顺风车或跟着领导出差。那时商业局下属的几大公司都是好单位，但只有食品公司和百货公司有小汽车。严格说来，糖烟酒公司和五金公司也各有一辆，只不过都是客货两用车，前面可坐四五个人，后面可拉一两吨货，平时不是运输货物，就是接送领导出差。

作为它们上司的商业局自然也有小汽车——一辆二手的丰田面包车。车的驾驶座在右边，车身右边的中部有一扇推拉门，车内可坐七八个人。小汽车买回来后，局里把它当成了宝贝，不但建了个漂亮的车库，还调来个高大帅气的司机，大家都很尊重他，按干部待遇给他安排好了住房。

自从有了这辆小汽车，局长、副局长到外地出差或到玉林开会就不需要向下属公司借车或坐班车了，方便很多。平时除了局领导用车，各股室有公务需要用车时也可申请，下属各公司有时也申请借用，这些借车申请都得经局领导批准。那时县城的小汽车很少，所以在人们心目中，能坐小汽车的人都是有身份、有地位的，即便不是领导，至少也是在一个好单位工作，或者人脉广认识司机。那时候，就是当个司机也受人尊重。

说到坐小汽车，我还想起了一件往事。那是80年代中期，自治区决定在南宁召开一次大型的工业产品展销会，地点在民主路的展览馆。县里接到通知后，决定由商业局负责具体的参展事务，如筹集经费、布置展场等。当时是局里的一个副局长分管这项工作，我负责具体的事务。展会开幕前的三四天，我就与这位副局长坐上局里的小汽车，到南宁做展前的准备工作。行驶到离县城15公里的一个斜坡时，一辆货车突然迎面而下，把我们的车撞到了路边的水沟里。坐在车子左边靠窗第二排的副局长被撞坏的车边铁皮压住了左脚，大叫了一声。我和司机听到他的叫声后，急忙拨开铁皮，轻轻地把他的脚拉出来。看到他的脚血流不止，伤得不轻，我迅速把衣服脱下来，撕下一片布条包住伤口，同时拦了一辆路过的小车，把他送到县人民医院处理伤口。后来这位副局长住院治疗了一个月，其间我经常去看他。

没想到后来他脚伤痊愈，在做全身检查准备出院时，发现自己患上了肺结核。知道自己的情况后，他的确有些焦愁。过了几天，他的情绪稳定后，家人就决定送他到柳州的肺结核医院接受治疗。他到柳州入院后，我也跟着去柳州看望他，并在医院旁边住下，每天都去病房安慰他，陪他说话。一个星期后，我就回单位上班了。一些同事问我："肺结核是传染病，你去医院陪他不怕传染？"我说："怕是怕，但为了安慰他，也应该。毕竟我与他是患难之交，虽然我躲过了难，但不能不讲情谊。"

看火车和坐火车

两件人生大事

当今中国的铁路线四通八达、纵横交错，已经形成了一个庞大的铁路网，贯通东西南北中，连有"世界屋脊"之称的青藏高原也通车了，人们坐火车去探亲访友、观光旅游，很是方便。2016年，博白火车站开通运营，虽然不是动车，但也是开天辟地的大事，结束了博白县城没有铁路、不通火车的历史，方便了县城周边民众的出行。时代的发展使家乡的交通大大改善，用翻天覆地这个词来形容，一点也不为过。

回想二十世纪七八十年代，博白县只有几条公路通往县外，主干道是一条南北走向的博龙公路，穿越七八个乡镇，南可到湛江、海南和北海，北可上玉林、南宁。县城的西面虽有一条南流江，流向合浦出海，但由于河道阻塞，早已不通航了。县城东面与陆川交界处倒是有一条黎湛铁路，但只是从县域边缘的文地镇经过，离县城有几十公里远，受益的只有两三个乡镇。因此，我在乡下读书的时候，也就是1976年12月之前，别说出远门，就连县城也很少去，火车更是只在电影里见过，所以我从小就有一个看火车和坐火车的愿望，但一直没有机会。

到了1976年年底，我离开乡下到县城参加工作。由于平时的工作都是售货，没有机会出差或旅游，所以也没有机会看火车。1978年的一天，一个当货车司机的好友要到文地火车站拉货回县城，邀我一起去见见世面，我当然不会错过这个看火车的好机会。

那天一大早我就坐上他的汽车出发，在路上的心情就不用多说了，毕竟是第一次去看真实的火车。一到达文地看到铁路，我就迫不及待地下车走到铁路边，等待火车的到来。随着汽笛声传来，一列长长的绿皮火车从山边开来，轰鸣声响彻云霄。我站在铁路旁，边看火车边数车厢，直到火车开到眼前。那时我只感觉地动山摇，激动的心情无以言表。几声巨响后，那列火车喷出一些气雾，在车站停了下来。好友说，这是因为前方有另一列火车经过，所以这列火车要停下来让前方的车先过。果然大约两分钟后，又一列绿皮火车沿着山边的铁路飞驰而来，我因为站得太近，还差点被列车开过形成的气流吹倒。这就是我第一次近距离看火车的经历。

1983年元旦，我和爱人新婚，为了体验坐火车，我们选择到南宁旅游。那时坐火车是一种时尚的出行方式，能坐火车去旅游我们都很高兴。但是当时博白县城没有火车站，我们只好先到玉林火车站。记得那天我们早早就去玉林火车站买票，买好票后赶紧进入候车大厅等候火车的到来，也不敢乱走。候车大厅里坐满了人，想找个位置是很难的，我只好站在通道上，我爱人干脆坐在了行李上。等了半个小时左右，候车大厅的广播就通知上车了。我们迫不及待地排队检票，进了站台，又在站台上等了几分钟，火车就到了。

因为我是第一次坐火车，上车后有点慌乱，连座位都找不到，只能跟着爱人走。直到找到自己的座位坐下后，我才松了一口气，开始仔细观察车厢。想不到火车的车厢那么大，可以坐上百人，一排排座位整齐地排列着，要么面对面，要么背靠背，面对面的座位中间有个小茶几，背靠背的座位之间隔块海绵板。车厢中间有一条通道，好像一条小小的街巷连通每节车厢，人们可以在通道上走来走去，很是热

下了火车后，我与爱人来到南宁的地标——邕江大桥。我们满怀欣喜地合影，一直叮嘱摄影师把背后的邕江宾馆拍完整

闹。车厢看够了，我就开始看窗外。窗外风景更是独特，怎么也看不够。坦荡的田野、挺立的大树、茂盛的小草，还有远方若隐若现延绵伸展的群山，伴随着火车前进的轰鸣声

一一飞入视线，又在转瞬间呼啸而过。窗外流动的风景，处处闪动着活跃的美感，好像徐徐展开的水墨画卷。我就这样观赏着、赞叹着，时间一晃而过，不知不觉就到了终点站南宁。几十年过去，这第一次坐火车的感受，我至今难忘。

交通监理站

不管交通只宣传？

中国现代化进程速度之快，让人惊叹，特别是公路建设，不但打通了东西南北，也深入各地乡村，四通八达的道路大大方便了人们的出行。与此同时，机动车辆越来越多，维持交通秩序的交警队伍也越来越壮大，不但县城有交警大队，大的乡镇也设有交警中队。有了交警上路巡查、疏导交通、处理事故，道路就更加畅通了，交警真是功不可没。借着这个话题，我想写一写70年代末80年代初，家乡博白县的交通监理站。

那时候，县城的街道并不宽，铺得也不好，用的材料大都是灰沙，全县几乎没有一条沥青路或水泥路。由于年久失修，到处坑坑洼洼，所以每隔几十公里就设有一个公路道班，配几个养路工，养一匹马。养路工天天都上路，不是除草，就是修整路面路边，或是拉上马去刮平路上的泥和沙，保持路面平坦，保障车辆顺利通行。那时的公路上都是泥和沙，一辆汽车开过，掀起灰尘滚滚，要10多分钟才能慢慢散去，当时的养路工真是吃了不少灰尘。

此外，街道上的每个十字路口，不但没有红绿灯管制，也没有交警指挥，一切都是靠大家自觉。那时县城没有交警大队，只有一个交通监理站，归玉林监理所直接管辖。这个监理站人员不多，包括站长在内只有七八个人，设在县城的南街。监理站的对面是县革委（县政府）汽车队和博白汽车站，旁边是县公路段及其下设机构养路费征收站。不知是有意安排还是巧合，这几个单位不是与“车”有关，就是与“路”有关，相隔几十米，一个连着一个，都在同一条街上。

那个时候，城里城外的汽车都不多，只有几个大的单位才配备有，个人几乎没有。摩托车也极少见，只有公安局、镇派出所和监理站有几辆三轮绿皮边斗车，平时也很少开上路，一开就是有紧急案情或交通事故了。因为汽车和摩托车都少，所以交通监理站不像现在的交警大队，既要上路巡查和引导交通，又要处理交通事故，它的职能只是宣传交通规则、处理交通事故以及组织驾驶员学习交通规则，至于车辆的管理、入户、年审和驾驶员的考试、发证、年审等事务，都由玉林监理所负责。

记忆中，那时的交通监理站办公条件并不好，办公的楼房有点老旧，占地面积只有二三百平方米，楼高三四层，办公和住宿都在一起，有一个独立的小院，面向南街。平时这里并不热闹，出入的人也不多，却是很多人都向往的“实权单位”，毕竟如果出了交通事故就要请交通监理员来处理，所以连那时候吃香又受人尊重的汽车司机都对监理员礼让三分。当监理员开着三轮边斗车在路上行驶时，人们听到车子发出的轰鸣声都会投去羡慕的目光。

在我认识的监理站的几个员工当中，我印象最深的是监理员小燕。他一表人才，工作也非常麻利和尽责。每当出现交通事故时，他就背上照相机，带上勘查现场所需的皮尺、纸张和笔，与另一个同事一起，开一辆三轮边斗车迅速赶往现场。到达事故现场后，他们就马上开展工作：先是拍照片，然后对当事人和见证人进行问话，并对现场进行勘查。写出勘查记录后，让当事人和见证人核对、签字，如有必要还会扣留肇事车辆和当事人的相关证件，回到站里再讨论事故的轻重与责任划分，最后才召集有关人员进行处理。

◆第五篇◆

旧时商贸遍繁华

改革的浪潮滚滚而来，摇撼着经济之海，也激荡着时代与人心。

国有经济和集体经济

手工业社

纯手工的自食其力

我家里有一个40多年前买的铝皮桶，每天晚上睡前我都用它来泡脚。家人多次劝我把这个老掉牙的桶扔了换一个新的，但都被我拒绝了。为什么我不舍得扔掉这个既没有桶耳又凹凸不平的老桶呢？主要是因为它跟随我生活了几十年，每天为我服务，我对它已经有感情了。更重要的是这个桶的来历不一般，它是纯手工制作的，不但是当年博白县城手工业社发展的见证，也是那个时代手工业品的代表。借着这个老桶，我来回忆一下70年代末家乡的手工业社。

虽然70年代末的博白县城不算繁华，人们也不富裕，但总比农村的条件好，因此很多农村人都羡慕县城居民的生

这个桶身凹凸、两耳早已脱落的铝皮桶，从70年代末一直陪伴我至今，见证了当年手工业社的兴衰

活，毕竟有固定的口粮供应，不需耕田种地也有饭吃。但那些没有工作的居民就比较困难了，尽管有口粮供应，但没有工作就没有收入，毕竟供应的口粮有限，城里也没有种蔬菜的自留地，每天都要买口粮、买蔬菜，生活确实有点难。在这样的形势下，负责管理县城的博白镇政府从实际出发，成立了一个自主经营、自负盈亏的集体所有制劳动组织——手

工业社，把县城里会刻章、会写字、会修理的一批有手艺、有特长的能工巧匠会集起来，开展生产和经营，使他们有工作、有收入，能自主解决日常生活的开支问题。

在我的印象中，当时的手工业社办了几个店铺，有铝皮用具坊、单车修理铺等。

铝皮用具坊就设在大街，派出所的斜对面，铺面有上百平方米，员工有十多个，都是中年妇女。过去她们都在家里买菜做饭带小孩，手头有点紧，生活有点难，后来到这个铝皮用具坊工作后，她们凭着自己的双手，每天敲敲打打，把每家每户都需要的铝水桶、铝锅盖、铝面盆等铝皮用具造了出来。

那时我刚到县五金公司工作，住单位的宿舍，宿舍没有独立的卫生间，更没有热水，所以需要一个水桶打洗澡水。于是，我到食堂对面的铝皮用具坊买了一个铝皮桶（就是现在家里的铝皮洗脚桶），以解决每天洗澡洗衣服的问题。

制作铝皮桶的工艺并不复杂，我曾站在坊里观察过半个小时，看清了制作的全过程。坊里的每个员工身上都扎有一条围裙，她们坐在一张木凳上，面前摆有一个木具和一把铁锤，旁边放有一把锋利的剪刀。制作铝皮用具时，她们会根据模型先把铝皮剪好，然后将铝皮连接起来并敲打，最后在一些边角的地方做一些修补，再抹些防漏的胶水，这样，一个产品就制作完成了。产品做好后，不用上门推销就会有人来买，多余的还可以销给百货公司或供销社。

单车修理铺在五金大楼对面，铺面有两间，铺深有十多米，修理师傅有六七个，都是中年男子。修理铺里摆有很多修理工具和零件，最显眼的是那个摆放单车的木架。一般情况下，只要有人推着单车来修理，修理师傅就会先把单车挂上木架，然后摇动车轮检查是哪个部位出了问题，查出问题后就动手修理。那时单车是人们出行的重要工具，大多数家庭都有一两辆，所以店铺的生意很是红火，修车师傅只要不怕累、勤动手就有收入，家庭开支不成问题。

商办工业

曾经的弯路

商办工业，简单地说就是商业系统所办的工业企业，流行于七八十年代，曾为商业部门做过贡献，也方便了那个年代的广大消费者。商办工业现今已然过时，仍存在的极少，一般很少有人了解。就我所见，当年博白县城的商办工业，发展得颇为曲折。

80年代初，商办工业在县城是一种发展趋势，县粮食局、县供销社和我所在的县商业局都有商办工业：县粮食局有大米厂、面条厂，县供销社有供销食品厂，我们商业局有商业食品厂和开发公司羽绒厂，还有几个采用“前店后厂”方式经营的厂，如百货公司的服装厂、饮食服务公司的米粉厂等。

那时候我在县商业局业务股工作。股里人不多，一个股长，两个“兵”，作为业务员的我负责很多具体事务，其中就包括两个商办工厂。这两个厂虽然不大，但因为局里很重视，所以我们业务股也很关注，一旦发现有什么厂里解决不了的生产问题，马上要向局领导汇报。为什么局领导这么重视呢？主要原因是商办工厂比较特殊，是地区商业局提出要重点扶持的新兴产业，发展好了可以扩大销售，成为新的经济增长点。

先说商业食品厂。这个厂有新厂和老厂之分。老厂原来归糖烟酒公司管理，厂部设在文化路，是20世纪50年代末办起来的，主要产品有酱油、酱料、酸料以及传统的糖果和小食品等，每年中秋节也做月饼。到了1982年，局里为了扩大商办工业的规模，就把这个厂升格为公司级别，使其脱离糖烟酒公司，直接归商业局管理。升格后的商业食品厂，厂长和员工还是原班人马。这些员工虽然年纪大，但都是老作坊出身，做传统食品很有一套，特别是酱油、酱料和酸料。

那时商业食品厂的厂区不大，有点老旧。酱油的晒场只有一个半篮球场那么大，全部酱油缸都摆在晒场上。每天早上酱油工都要把酱油缸打开，傍晚再盖好。要是傍晚不把缸盖盖好，老鼠来偷吃时掉进缸里，那一缸酱油就废了。更为严重的是，如果有老鼠屎等异物掉进缸里没被发现，酱油就这样卖出去肯定影响信誉。所以厂里十分重视晒场的管理，严格把关，从未出现过这样的事。那时厂里的酱油、酱料、酸料很受欢迎，不但平时畅销，逢年过节还会出现抢购的情况。记得那时每年春节前的几天，每天一大早就有人来厂里排队买酱油和酸料。酱油可以用来炒菜、做白切鸡的味料，酸料可用来做甜酸扣肉，不仅口感好，而且味道很独特。

尽管这些酱油、酸料好卖，但利润并不高，如果还是只生产这几个老产品，食品厂的发展前景也不乐观。在这样的情况下，厂里经过调查分析，决定上一条饼干生产线，按预算需要投入资金十万元，每年可实现利润四五万元。商业局看了食品厂做的可行性报告后，批复“同意”，于是半年后，这条饼干生产线就投产了。初期，厂里生产的饼干在县内市场销售情况良好，从未积压，利润也可观。但一年后，由于外地饼干的冲击，特别是广东的饼干质好价廉，很快就占领了博白县城和乡镇的市场，严重影响了厂里的饼干销售。最后，厂里的饼干卖不出去，只好停产。

一段时间之后，厂里觉得必须另寻出路，于是在登高岭背后的山坡上购买了一块地皮，面积有三四千平方米，建起了新的办公楼、厂房和酱油晒场。不久，厂部就搬到了新厂区上班。商业局那时从别处调来了一个有大学文凭且有经验的人担任厂长。新厂长上任后干劲十足，也带来了一些新信息。经过研究分析，大胆地建了一个果冻生产车间，生产的果冻产品有好几种，看着都很美味可口。初时这些果冻也适销，小孩都喜欢吃，青年男女也常常买。但八九个月后，广东的果冻进来了。不得不说广东人做生意灵活，他们的产品经常出新，价格也便宜。这样一来，原本销量尚可的博白果冻难免受到冲击。最后，由于厂里的技术跟不上市场变化，果冻车间只运营了一年半就停产了。

几番折腾后，食品厂的债务越来越多，经营越来越难，只好重走老路，做回原来的几个老产品——平时做酱油、酸料，中秋节做月饼，春节做传统小吃鸡仔饼、麻通、二皮花生糖等。

再说开发公司羽绒厂。当年，它的厂房、员工都是新的，做的产品是羽绒，就是用我们县的鸭毛加工成的鸭绒。除了销售加工好的鸭绒，厂里也用鸭绒做羽绒服装。开始投产时，羽绒产品生产出来后供不应求，很流行，很热销，因此从厂里到局里，大家都感到投对了产品建对了厂子，我也为厂里高兴。但热销三年后，新一代的羽绒产品陆续上市，厂里的设备和技术却没有跟上，原来的羽绒服装已经过时，新产品又没有开发出来，销量就越来越少，生产也就慢慢停了下来。

商业食品厂和开发公司羽绒厂的发展经历说明，工厂并不好办，更何况是不专业、缺乏资金、缺乏技术的商办工厂。没有资金和技术研发新产品，旧产品就会被市场淘汰——这些就是当年商办工业所走过的弯路。

县供销社

博白商业“半边天”

供销社的作用，也许住在城市的人难以体会，但在县级及县级以下的基层是能真真切切地体会到的。它就像邮电所一样，每个乡镇都有，有的还延伸到村。因为点多面广，供销社在全国形成了一个上下连接、纵横交错的流通网络。通过这个庞大的流通网络，一方面可以把工业品、生产资料以及生活必需品供应到农村，哪怕是交通不便的偏远山区也没有供应死角，这是民营超市和小卖部无法做到的；另一方面，基层供销社可以就近收购农民生产出来的农副产品，以一个好价钱销往全国各地，这也是扶农的一种体现。关于基层供销社在旧时代的作用，我在《六七十年代的乡里》一书中提到过。这里我要写的是七八十年代县里的供销社，它上归市（地区）供销社管理，下辖乡镇供销社，处于中下环节，地位和作用十分重要，少了它，乡镇供销社就难以运转。

在我的记忆中，70年代后期到80年代中期是县供销社发展的鼎盛时期。那时候，博白县城各机关单位大多是一两层的建筑，但县供销社却在大街的中部建起了一栋6层高的办公住宅楼，1层和2层用于办公，3层及以上用于住宿。大楼后面是一大片生活区，面积有三四千平方米。这在当时的县城属于很有经济实力的单位。70年代末我调到县商业局工作后，常常到县供销社办事，不是送文件，就是找领导会签文件，所以对那里的情况也了解一些。那时县供销社的全称叫博白县供销合作社，人事任免县里管不到，都是直线管理。社里机构设置很特别，有一个理事会，还有一个监事会，内设机构很多，社主任先是周贻梅，后是庞建文，干部职员也有好几十个。

那时县供销社与县商业局是平级的商业管理机构，按当时的经营范围来说，它们可谓是两兄弟，各有特长和功能。

县商业局下属有几大公司，经营工业品、猪肉、饮食服务，以及盐糖酱醋等副食品，有批发，也负责县城的零售市场供应。县供销社除了管理乡镇供销社，在县城还有生产资料、日杂、土产、果菜等几大下属公司，不但有批发，也有零售业务，门店分布在县城的各条街道上。此外，还有一个城厢供销社与这几大公司同处一个县城，它属于基层经营单位，在县城兴隆街的东面，建有一座城厢供销社大楼，1层和2层是商场，经营百货、五金交电和糖烟酒等商品，也占有县城市场的一部分份额。

当时的县供销社几乎占据了县城商业的半壁江山，如果工作做不好，将影响到民众的生活。先说民众日常生活所需的日杂用品，那时都由县供销社下属的日杂公司来经营。日杂公司在兴隆街新华书店旁边、五金大楼对面建有一座大楼，主要出售日杂用品。再说果菜公司，在70年代个体户出现之前，县城的水果都由果菜公司经营，公司常常到外地进货，同时还开有一个蔬菜门市部（地点在菜市里面）和一个豆腐厂（每天都生产豆腐供应机关单位和家庭）。还有专门经营土特产的土产公司，经营品种有烤烟、茶叶、八角等，兼营棉花和棉胎，因此每到冬天那里就会热闹起来，大家都去买棉胎过冬。此外，县供销社下属还有一个农业生产资料公司，简称生资公司，负责全县的化肥农药和薄膜经营，是农民种田的后勤保障单位，没有这些商品供应，粮食增产就是一句空话。

在我的印象中，那时的县供销社与县商业局联系较多，关系也密切，大家都互相配合。因为少了谁，各自的工作都难以开展，生意也难做。为什么这样说？因为县商业局下属公司所经营的工业品和副食品，除了在县城零售，面对乡镇的批发都要对接基层供销社，每年两三次的供货会也需要邀请基层供销社门店的负责人参加，这些都必须征得县供销社的同意，才能联合下发通知。同时，如果县商业局各公司经营的品种不全或是缺货、断货了，也会影响到基层供销社的生意。所以就有了“商业局与供销社相辅相成”的说法。

由此可见，在那个年代，县供销社的作用之大，毋庸置疑。

供货会

层层审批，合作互利

如今是市场经济时代，有多种多样的经济成分，不论是开门店，还是搞超市，或是做网店，进货都是自主选择，哪里的货品价廉物美就从哪里进，全国乃至世界各地的渠道都可以选择。回想80年代之前，进货可不像现在这样自由，而且没有太多的选择，只能从主渠道购进，从下往上去进货，时不时还会开个供货会。

那时我的工作单位县商业局是商品经营的行政主管部门，下辖几大商业公司，因此我也就目睹了商品流通过程中的一些情况。在那个年代，全国的工业品都经由国营的商业公司来流通和经营，从城市到县城分别设有百货和五金的一、二、三级站。按照流通规则，博白县里的百货、五金公司属于三级站，所经营的商品一般都要到玉林的二级站购进。同样，二级站所经营的商品也要到一级站购进。价格没有什么商量的余地，都是按进价顺加一定差价来批发的，也有调拨价和特殊商品处理价。每个站都设有物价员，改变价格是要走程序的。就拿百货公司和五金公司这两个县商业局下属的工业品经营公司来说，这两个公司平时都是到玉林站进货，还派了一个专职采购员常驻玉林站，公司如果缺货，就打电话给采购员。

当时，国营商业公司和基层供销社几乎占领了整个商品流通市场，包括零售和批发。县城的零售市场主要依靠国营商业公司，乡镇零售市场则被基层供销社占有，而批发这一块基本被县里的百货、五金公司独占。因此这两个公司除了做好零售，保障县城的市场供应，大头生意还是做批发，对象都是县内各基层供销社和毗邻的供销社。毕竟那时个体户还没有多少，即使有生意也很小，百货、五金公司要扩大商品销售就必须依靠供销社，不然商品无法流通到农村。这样，百货、五金公司就紧紧抓住了供销社这根绳，除了经常派人带着账本下乡批发，每年还不定期地举办两三次供货会，邀请供销社的百货、五金店负责人来选购商品。

开这供货会看似简单，却要走很多程序。因为基层供销社归县供销社直接管辖，所以百货、五金公司开会前必须向县商业局汇报，局领导批准后就由业务股股长拟写一份开会的文件，以县商业局的名义与县供销社联合发文，经过相关领导会签后才能打印出正式文件，下发到基层供销社。基层供销社收到文件后，就派人来开会，住宿费用自理，但用餐是免费的，而且都是满桌的好饭好菜招待。

记得每次两个公司开供货会时，我也能跟着股长一起到现场转转。来开会和选购商品的人很多，批发部的开票员总是忙个不停。会议结束后的几天，仓库保管员也总因为忙于拣货而叫苦连天，大家都急着把货准备好，让供销社来提货。不过那时候，开一次供货会的成交额相当于平时两三个月的销售额，所以大家忙也忙得很起劲。

物资局

搞经营做生意的“局”

物资局，这个机构早已不复存在，它是计划经济的产物。物资局成立于20世纪60年代，到了80年代中期，随着改革开放步伐的加快和市场竞争的出现，它慢慢被淘汰，退出了历史舞台。

那个年代实行的是计划经济，政企不分，有些“局”实际上就是公司。博白县城搞经营做生意的局级单位除了商业局、外贸局，就是物资局了。物资局位于南街，在农机三厂对面，有一个独立的大院，面积有上万平方米，有办公楼、宿舍楼，还有几栋平层仓库。大院的南面是路，西面是单位大门，大门两边各有一个零售商店，出售各种机电产品和零配件。

物资局下设机电、金属材料、建材、煤炭、金属废旧回收等公司，公司虽有好几个，但干部员工并不多，加起来也就六七十人，所有人都在同一个大院办公。虽然那时的物资局不大，但经营的商品与全县的工农业生产、交通运输和群众生活息息相关，主要有金属材料、机电产品、轻化建材等大类，具体来说有钢材、生铁、汽车、汽车配件、电机、水泵、轴承、变压器、轮胎、水泥、玻璃、煤炭、电石、沥青、炸药、雷管、导火索等60多种。

那时物资局归县计委管理，大多数商品都得按计划购进和销售，不能任意买卖。比如某个单位要建房，年初就要把基建计划报到县计委，审批通过后，县计委把基建所需的钢材、水泥指标下达到物资局，物资局才能按计划购进并供应给这个单位。如果这个单位没有提前报计划，一般是买不到钢材和水泥的。

除了这些基建用材，物资局还管理着一种紧缺的物资，那就是当时家家户户都需要的生活燃料——蜂窝煤。那个时代电器还未普及，木柴又贵又难买到，因此大家都喜欢用蜂窝煤炒菜煮饭。蜂窝煤虽然便宜和方便，但县城只有物资局下属的煤炭公司有卖，而且这个蜂窝煤厂在五里庙，距离我的住处很远，所以每次买煤我都是骑三轮车去拉，来回要骑10多里路。路远还没什么，最怕的是排队。因为那条生产线很落后，一半是人工上煤，一半是自动出煤，所以不管买多少都要耐心等候。

除了买煤，我还经常与物资局下属的金属废旧回收公司打交道。这个公司在物资局大院内，主要业务是收购金属废旧品。他们将那些烂铜废铁回收之后，会先用机器将其压成一个四方形的铁饼，然后运到有需求的工厂重新加工。当时我家经营着一辆货运汽车，所以常常帮这个公司运输金属废品到玉林火车站。

这就是我对当年物资局的记忆。

日杂公司

沙发和草纸的交汇

日杂公司是计划经济时代的产物，是县供销社下属的一个企业，几乎每个县城都有，主要负责民众日常生活所需用品的供应。

那时候正是改革开放的初期，个体户刚出现，在商界还是小字辈，做的生意都是小打小闹，至多在街头巷尾摆个摊或租个小铺，而国营商业公司依旧是市场的老大，在商品供应中占主导地位。那时县里的商品经营分两大块：一块是商品流通，主渠道是商业局下属的各商业公司；另一块是农村市场供应，主要由各基层供销社负责。从业务范围来说，各商业公司以商品批发为主，主要工业品都集中在这几个公司里；供销社则以零售为主，但化肥、农药、农具、主要农副产品和一些家具、生活用品的批发和零售都由县供销社下属的农业生产资料公司、土产公司和日杂公司负责。

当时的日杂公司规模不小，在县城最热闹的兴隆街与南街交接的十字路口建有一栋日杂大楼，与五金大楼遥遥相对，虽然比五金大楼矮一些，装潢也没有那么好，但营业面积比五金大楼还大。日杂公司的仓库与五金公司的一样，同在新码头的路边，两个仓库之间只隔一堵墙，同是坐北向南。

那时日杂公司不但经营批发业务，也在日杂大楼经营商场。商场的1至2楼卖家具和日用品，大到床、沙发、衣柜和台台凳凳，小到锅、碗、筷、碟，还有人们每天上厕所都要用的草纸，那里都有卖。因为其他商店和个体户不销售这些杂货，所以人们都要到那里去购买，日杂公司的生意自然就好做。在我的记忆中，那时谁家建新房搬新家，都要买一两张床、一两个衣柜和一对沙发，除了一些新婚的年轻人会自己买苦楝木材请木工师傅加工，一般人都是到日杂公司去选购。

家具可以请人加工，但每天用的草纸就只能去日杂公司买了。那时的草纸都是山区的农民用土法生产出来的，用的材料都是竹子。农民们先把砍下的竹子放到水坑里，接着加入有腐蚀作用的草酸，等浸泡一两个月后再把腐烂的竹子捞出来打浆、晒干，加工成草纸，最后只要扎成捆就可以卖给日杂公司了。这些草纸都又硬又粗糙，无奈那时卫生纸还没有出现，所以家家户户每个月都要到日杂商场去买上一两捆草纸，否则上厕所都不方便。这也许就是那个年代日杂公司所起的作用了吧。

外贸公司和出口产品

出口的手艺活儿

提起外贸公司和出口产品，不禁让我想起了七八十年代家乡博白的外贸往事。记得70年代末期，我刚调到县商业局工作不久，局里的第一副局长由于工作成绩突出，被任命为县外贸局局长兼外贸公司总经理。那时候，县里有两个贸易部门，一个负责内贸，另一个负责外贸。内贸部门就是商业局，下属7个公司2个厂，负责经营民众日常需要的工业品、猪肉和油盐酱醋烟，以及提供饮食服务。外贸部门就是外贸局，下属只有一个外贸公司，没有零售门店，但有很多仓库和一个纸箱厂，实行“两块牌子一套人马”的人事制度。当时政企不分，实行“两块牌子一套人马”的单位虽不多，但也有好几个。外贸公司干部职工有上百人，专门经营出口业务。当时，全县所有出口的商品都必须经过外贸公司，不然就无法销往海外。

外贸公司经营的产品有工艺品、粮油食品、矿产品等，其中工艺品业务做得比较大，也做得比较好，扬名海内外。说工艺品大家可能不太理解，其实就是本地的芒、竹编织品。那时县里的好几个乡镇都有芒、竹编织品厂，尤以顿谷、江宁两个乡为多。它们或是利用本地资源，或是到外地采购原料进行芒、竹编织品的生产，并形成了本乡的支柱产业。也有一些散户，他们有着传统的好手艺，于是充分利用自家的芒、竹资源，在耕种之余编织一些工艺品来卖，从而增加经济收入，改善生活。这些工艺品编织出来后，全都卖给了外贸公司，由外贸公司统一出口。记得那时外贸公司每年春季和秋季都会组团，带上这些优质的工艺品去参加广交会[①]。如果外商看上了，外贸公司就与其签订合同，回到县里后再选择信誉好的企业生产，保证出口订单任务的完成。

除了做工艺品出口，外贸公司也做粮油食品出口。我在县商业局业务股工作时，主要负责商办工业这一块业务，印象中局下属的商业食品厂每年都会接到外贸公司一个叫盐水姜的食品出口订单。接到订单后，商业食品厂就在县城附近收购农户种的生姜，按外贸公司的技术要求腌制盐水姜：先洗姜、刮姜皮，然后把生姜放进大瓦缸里，加入

① 广交会，全称中国进出口商品交易会，创办于1957年，每年春秋两季在广州举办，由商务部和广东省人民政府联合主办，中国对外贸易中心承办。

盐和水泡制一段时间，再把泡制好的盐水姜取出来，经检验合格后就装进符合出口标准的塑料桶里密封好。这些盐水姜由外贸公司统一出口到日本。听说日本人很喜欢吃这种姜，每年销量都很大，但我们局每年只有10多吨的订单任务，盈利并不多。

到了80年代中期，商业食品厂经营困难，局领导有些着急，于是就安排我去厂里协助开展业务。有一次，局长带着我去拜访了北海市粮油食品进出口公司的总经理，请他安排些出口产品的订单给我们厂生产。当时总经理给我们介绍了黄冰糖这种新产品，并说："如你们做的产品合格，可以安排这个产品给你们生产，订单量从小到大。"但他没有给我们具体介绍黄冰糖的生产技术。回到县城后，局长就把这个产品的试验任务交给了我。我对这方面完全不懂，但也只能硬着头皮上。那时候，我带着厂里的一个员工，下车间烧火煮白糖进行试验，方法用了好几种，但一个月过去了也没有试验出合格的产品来，这让我很头疼。最后还是局长表了态："做不出来就算了，毕竟这是技术，肯定有秘方。"事情已经过去了几十年我还记忆犹新，当年真是心有余而力不足啊。

单位的汽车队

麻雀虽小，五脏俱全

时间推着我们往前，转瞬间新中国成立已有70多年了。历史的车轮总是滚滚向前，行驶在道路上的车辆也一样，不断地向前发展，由曾经的鸡公车[①]、牛车和马车，到后来的自行车和拖拉机，再到现在的汽车，变化之快，可以写一部车史。如今的中国运力充足，道路上各种各样的货运汽车都有，但大多是私企或个体经营。回想70年代末到80年代初，我在家乡博白县城看到的情况正好相反，整个县城的货运汽车几乎都是单位在经营，个体经营的几乎没有。

记得当时凡是有下属机构并且搞经营的行政部门都有一个汽车队，专门运输本部门的商品和货物。县革委（县政府）、粮食局、外贸局、供销社，以及我所在的商业局和下属的食品公司都有汽车队。在这些汽车队中，县革委的汽车队最大，设在汽车站的旁边，管理人员、司机、修理工加起来有几十人，货车也有10多辆，其他汽车队一般只有四五辆货车。平时这些货运汽车以运输本单位的商品和货物为主，如果完成了本单位的货运任务，也会接一些外面拉货的

① 鸡公车是一种手推式的木制独轮车，形状像鸡，行进时又像鸡一样叽咕作响，因而得名。

活儿，除非车辆正在修理或保养，不然都会充分利用起来，以求多拉快跑，缓解当时县里运力不足的问题。总之，当时汽车队的原则是“人可停，车不停”。那时，私人货主请单位的汽车队拉货，不仅要负责解决司机路上的吃饭问题，一般还要给司机送上一包烟。

那时我们商业局的汽车队设在文化路上，也就是现在商业幼儿园的位置。车队与五金公司的化工仓库同在一个大院，大院可以停放货车，还有一栋楼作为车队人员住宿和办公之用。此外还有一个修车大厅和一个汽车材料仓库。汽车队有5辆货车，2辆柳江牌，3辆解放牌。车队虽小，但五脏六腑都齐全，人员配备也不少，有六七个司机，还有队长、会计、出纳、修理工和保管员等一套人马，工资负担不轻。

由于汽车队是商业局的下属单位，所以我经常到这里送文件，有时也与这些司机、修理工聊聊天。那时的汽车队可说是人才济济。司机比较紧缺，一般都是部队退伍的汽车兵，他们经过部队的历练，技术一般都很熟练。听队长说，有一个老司机还上过抗美援朝战场，经历过枪林弹雨，多次冒着美军飞机轰炸的危险把弹药送上前线。还有一个修理工刘师傅，修车技术过硬，只要汽车一发动，他一听就能准确判断出是哪个部位出了故障。

那时候，局里的汽车队一般是负责下属公司的商品运输任务，上到玉林，下到各基层供销社，早上装货出发，晚上才能回到单位。回来后，如果车子有问题，司机要及时告知修理工，修理工要马上检查和修理，一般问题不过夜，因为第二天一早还要出发运货。这样一来，修理工的工作时间就不一定在白天了，有时晚上也要加班加点。在修理过程中，如发现零部件坏了，材料仓库的保管员也要起床，调出零部件给修理工急用。总之，车辆修理的事都会在汽车队内部解决，因为当时外面没有什么修理铺和修理厂。

到了80年代中期，县城兴起了汽车货运的热潮，私营货车越来越多，单位的汽车队受到了严重冲击，纷纷撤销和解散。拿我们商业局来说，汽车队的车辆、司机、修理工和各类人员，全部分配到了下属各公司。从此以后，单位的汽车队就不见了踪影，成为人们对那个时代的一种记忆。

猪瘦企业肥

瘦了猪崽，肥了企业

很多曾经风光红火的国营企业如今都已没落，我的家乡博白县城也是如此，就连当年赚过大钱、肥得出名的食品公司，现在也成了困难企业。究其原因，并不是食品公司没本事，而是经济体制发生了根本性改变，市场竞争越来越激烈，而它的经营却没能跟上市场形势的发展和变化。但改革开放初期，食品公司是曾经通过改革创新成功走出过困境的。

那时候食品公司下属有20多个乡镇食品站、好几百号员工，家大业大，不说别的，每月单是员工工资这一项就是一笔不小的数字，负担很重。国家放开生猪购销价格前，公司日子过得很好，但政策取消后，公司就得找新出路，否则连每月的员工工资和各项费用开支都难以应付。于是从1985年春开始，公司就采取各种措施转变经营，开过商场，卖过工业品，做过饮食服务，但由于缺乏经营管理经验，出现了经营混乱、资金失控、企业亏损、人心涣散的局面。遭遇挫折后，食品公司领导班子冷静下来思考企业的出路，认为还是应当坚持本业，在“养”字上下功夫。于是，公司和县商业局经过反复研究与分析，做出了开发、生产瘦肉型生猪的决定。

食品公司首先从生猪良种的杂交培养入手，引进了几头杜洛克瘦肉型公猪，与本地的二元杂交猪进行交配，从而培养出了三元杂交瘦肉型猪。为了加快生产速度，公司一方面依靠自己的力量培育猪苗，另一方面选择城厢乡的木垌、黎埠两个村公所作为推广示范点，由公司负责传授技术和收购生猪，双管齐下，使猪苗生产得到了快速发展，为后来瘦肉型猪的全面饲养打下了坚实的基础。

之后，食品公司利用原有的场地和设施，在县城办起了4个瘦肉型猪场，并狠抓饲养管理，制定了科学养猪的规范化操作规程及各项管理制度，在各个场站全面贯彻实施。同时层层落实承包责任制，做到员工工资、奖金与经济效益挂钩，充分调动了员工的积极性。

随着瘦肉型猪养殖的发展，饲料的需求也越来越多。为了解决饲料供应问题，食品公司成立了一个饲料公司，专门经营玉米、麦皮和浓缩饲料，除了满足食品公司养猪的需要，还面向社会开展批发、零售业务。从1987年开始，饲料公司每年经营饲料1.2万吨以上。

得益于瘦肉型猪的开发与生产，食品公司迅速从低谷中走了出来，实现了三年三大步的跨越：1987年全公司饲养瘦肉型猪13 071头，1988年24 016头，1989年37 000头，三年实现的利润分别为86万元、100.28万元和125万元。正是因为取得了这样的好成绩，1989年年底，经国家计委审查、批准立项，由国家农业投资公司投资218万元，将公司的猪场扩建为瘦肉型猪生产基地。自那以后，公司不但被评为县商业、财贸系统的先进单位，而且被当作县里改革开放、企业创新的一面旗帜，还受到了自治区商业厅的表彰。真可谓“瘦了猪崽，肥了企业”。

香烟销售

销量不大，一烟难求

如今的中国，小小的盒装香烟，税收贡献却最大。尽管大家都知道吸烟有害健康，在香烟盒上也印有提示，但很多人都戒不掉。我国的烟民现在已超过了3亿，人们买香烟，或是自己抽，或是当作礼品送人，甚至还滋生了一些不良之风，应当引起社会的重视。回想70年代末80年代初，我在家乡博白县城工作时，香烟销售的情况与现在很不一样。

那时候，县城没有卷烟厂，也没有烟草公司。香烟的批发业务由县商业局下属的糖烟酒公司负责，基层供销社零售的香烟都是从糖烟酒公司的批发部购进的。这样一来，县城里卖香烟的地方，除了糖烟酒公司，就是下属集体店的几个糖烟酒副食品门市部了，几乎没有什么个体户的烟摊、烟店，而且这些门市部到了晚上9点就关门。

当时县城香烟零售品种最多、销量最大的商场，就是糖烟酒公司下属的糖烟酒大楼，商场面积有300多平方米。那时人们对抽烟似乎并不太感兴趣，除了一些机关单位的干部职工，抽烟的居民并不多。但逢年过节，香烟就开始紧缺了，买香烟还要凭公司领导和业务组的批条，与粉丝、黄花菜、木耳是同样的管理。记得那时的好烟有几种，如红梅、红塔山、红双喜、大前门、白金龙、石林、黄果树等。

到了80年代初，也就是改革开放后不久，上级指示要成立专门的烟草公司，实行直线管理。于是，香烟经营这块业务就要从糖烟酒公司划出来，交给烟草公司专门负责，同时还要划出一部分办公场地和人员。当时我恰好在商业局工作，见证了糖烟酒公司“分家”的过程。

烟草公司成立之初，工作人员有10多人，办公楼在派出所对面，房子很简陋，面积只有两三百平方米，一楼是门市部，二楼办公。烟草公司的第一任法人和总经理是黄能通。这个人就像他的名字一样，工作能力强，人际关系好，又懂业务，什么难事到了他那里都能办通。他原来在县商业局做过业务股股长，后来又调到县供销社做副主任。成立烟草公司时，上级领导一眼就看中了他。烟草公司刚成立时，开展经营有困难。一方面，那时烟民太少，香烟销量并不大，黄能通常常为如何提高销量而发愁；另一方面，虽然香烟品种不多，销量也不大，但好烟还是缺货，尤其到了年关，那真是“一烟难求”。记得有一年春节，我想给好友送一条红梅香烟，还特地找黄能通写了批条才买到。

烟草公司成立一年后，烟草专卖局也成立了，黄能通兼任局长，典型的“两块牌子一套人马”。烟草专卖局属于企业性质，但多了一项管理职能。县里的烟店、烟摊都必须到烟草专卖局办许可证，经营过程中要接受各项监督和检查，如果售卖假劣香烟就会受到处理。当然，烟店、烟摊所卖的香烟也必须到烟草公司批发。这就是我对当年香烟销售的记忆。

个体经济

个体药材店

现代药店的前身

在电商和新冠疫情的影响下，许多行业的实体店都面临前所未有的挑战，能坚持经营的都不容易。然而，实体药店在当今如此艰难的环境下，不但没有倒闭，还不断地开新店，在城市和一些大的县城，每隔几百米就有一家，有些好的地段甚至只相隔几十米。药店开得如此密集，说明其生存能力不是一般的强，连我这个“老医药”也对它产生了兴趣。

说起药店，我就想起70年代末80年代初，家乡博白县城的药材店。在那个年代，不管是西药还是中药，人们都习惯将它们称作药材，所以那时都把药店称作药材店。当时县城只有一个药材公司，因为医药管理局还未成立，所以药材公司隶属商业局，经营的是西药、中成药和中药材，以及一些医疗用品。至于药材店，由店主自主经营、自主管理，但药品质量要接受卫生局的药品检验所监督和检查，开店时则由卫生局发放经营卫生许可证。那时候县城的药材店并不多，我记忆中只有五六个，大多是国营和集体的，个体的只有一个。因为人们平时看病都是到医院，药品也大多在医院购买，所以药材店少并不会影响人们治病。

在我的印象中，那时县城里唯一的个体药材店开在兴隆街新华书店的旁边，对面有一口水井，所以人们都习惯把那里叫作“水井头”。这个药材店不大，只有两个门面，位置相当好，生意却一般。店里没有豪华的装修，也没有亮眼的广告，都是普普通通的摆设。店门口挂有个不大不小的招牌，店里靠墙的三面装有中药壁柜，柜上有一排排大小统一的药格，每个药格都装有中药饮片，药格外面还标上了药名。壁柜前面摆有三四尺高的柜台，将药品与顾客隔开。柜台里分门别类地摆放有各种药品，西药不多，大多是中成药和中药材。柜台上还摆有两杆老式的小秤和一个传统的座式铜盅。柜台边放着一张小木台，木台上有一个船形的药碾子。顾客进店买药时，店员会把中药处方放在柜台上，边看处方边从壁柜上拣药。中药材过秤后，如果需要捣碎，店员就放进铜盅里用力敲打，药破碎后再倒出来，用牛皮纸包好递给顾客。捣药的铛铛声是那时药材店里人们最熟悉的声音，如今这个声音已经很难听到了。

到了80年代中期，随着改革开放力度的加大，人们对经营药材越来越感兴趣，纷纷做起了药材生意，县城里也随着这股热潮新开了不少个体药材店。80年代后期，县城的个体药材店发展到了最高峰，每条街都开有一两家，多的三四家，药材生意成为县城的一个新兴行业。

那时县药材公司先是改为医药公司，后来又脱离县商业局，划归新成立的医药管理局，局长兼任医药公司总经理，两个单位实行“两块牌子一套人马”的人事制度。自那以后，人们开始称药材店为药店，药店的经营、管理也改由医药管理局负责，但药品质量监督仍由卫生局负责，而平时药品的抽检则由卫生局下属的药检所负责。

这些就是当年家乡博白个体药材店（药店）的一些往事。

养仔猪

我和父亲的“发家之路”

我调离家乡博白到南宁工作已有近30年了，虽然每年春节、清明节都会回去，但都只在县城住一两晚，逛逛街、尝尝美食、买买土特产，匆匆忙忙就上南宁了。东圩头那条老街一直没有时间去看看，不知这些年县城开发房地产，老街有没有被拆，如果没有，我一定要回去看看，毕竟我对那条老街有很深的记忆。

80年代中期，城市经济体制改革正在紧锣密鼓地进行，但县城的面貌变化不大。东圩头老街也是如此，街边几乎都是两层的骑楼，商店很少，街道的地面由于年久失修，有点坑坑洼洼。这段三四百米长的街道，每逢街日就摇身一变，成了鸡、鸭、鹅和猫狗的交易行，满街都是活禽和猫狗，人来人往，熙熙攘攘，热闹非凡。在街道北面的尽头还设有一个仔猪交易场，场内有几排简易的房屋，屋内建有一些猪栏，摆有几台磅秤。有几个工商人员在这里上班，因为交易场隶属城区工商所管理。

那个年代，新桥、沙田和博白县城附近的农民和居民饲养的仔猪都是二元杂交猪（本地猪与外地白猪的杂交品种）。由于品种优良，易饲养，长膘快，很符合广东湛江和海南两地的市场需求，所以仔猪交易的对象大都是这两地的猪商。因为当时县城的仔猪交易场只有一个，所以每天上午10点到下午5点的营业时间，来这里交易的人络绎不绝，木车、三轮车、拖拉机、汽车拉着一车车的仔猪进进出出，猪叫声和车鸣声响彻整个市场，生意火爆。

广东湛江和海南的猪商先是跟着交易场外的“猪中”（也叫“猪牙”）到养殖户那里看猪，一旦看中，谈好价格就当场交定金。交了定金后，卖猪方就按双方约定的时间把仔猪送到交易场内过秤，然后一手交猪，一手交猪款。按那时的惯例，卖猪方在收到定金后还可以喂一次猪，以免运输途中猪受饿。所以想多赚点钱的就会在这次的喂猪上下功夫，给猪喂好的饲料和潲水，因为如果饲料和潲水味道不正，猪就没胃口，吃不饱，过秤时每头仔猪就要少个两三斤。

那时候改革开放才不久，县城迎来了第一波经济热潮，一些干部职工纷纷搞起了第二职业，想借机赚点钱，改善生活。大多数搞第二职业的人都看好养仔猪这一新兴行业，因为投资少、见效快、风险低，被人们称为“吹糠见米”的生意。那时我正在县商业局工作，父亲退休后在县城没有房屋住，我就想办法用他退休的补助款在东圩头附近的城厢中学旁边买了4间旧平房，面积有90多平方米。这4间平房原计划是给父亲居住的，但看到周边一些居民和职工养仔猪赚了钱，我就心动了，便与父亲商量。父亲一听也来了劲，我们一拍即合，几天后就加入了养仔猪的行列。

我和父亲先把刚买来的平房进行改造，除了一间留给父亲住，一间做伙房煮猪潲水，剩下两间都改成了猪栏。为了尽快开始养猪，我们父子俩做了分工，父亲负责养猪，我负责仔猪幼崽的采购，他是全职，我是业余（第二职业）。那时候我家并没有养母猪来产仔猪，所以仔猪都要到毗邻的沙田和新桥的乡下去购买。我从当地的母猪养殖户那里买来20～30斤的仔猪后，由父亲饲养半个月或20天，最长养1个月，等猪长膘了有钱赚了才卖。

每个养猪周期一开始，我这个采购员就要马上行动，利用周末时间骑自行车到乡下买仔猪。我一般先找到当地的“猪中”，让他们带路逐村逐户地去看仔猪，一旦看到合适的就与卖猪户谈价格。如果双方僵持不下，价格谈不拢，“猪中”就从中做工作，让双方尽快把价格定下来。确定价格后就喂猪过秤，我当场付清买猪的钱，再给养猪户加点运费，他们就把仔猪送到我们家的猪栏里了。当然，“猪中”的辛苦费也少不了，都是由我来付，一般都是按窝计，每窝仔猪6～8元。

别看买猪简单，那也是一门技术活，没有深厚的“相猪”功夫，买回来的仔猪不但不好喂，也很难养得大，更重要的是难以出售。因为人有人相，猪有猪相，猪相甚至比人相更讲究，往往与吃食和长膘有直接关系。我初次采购时就吃了不了解相猪诀窍的亏，匆匆忙忙赶着买，买回来的仔猪外形不够高、不够长，嘴巴不够圆和大，眼睛小小的，皮色也不够亮，养了十天八天都不变样。上门的猪商看后都纷纷摇头走了，父亲也指责我。从那以后，我每次采购仔猪都主动跟“猪中”学相猪，十多次后基本就学会了。有了这门技术后，我买回来的仔猪不但好喂，也容易养大，肤色时时都是红润润的，每次海南猪商上门都是一看就中意，当场成交。

当时我家里的仔猪之所以这么受海南猪商喜爱，除了因为我掌握了相猪技巧，父亲的养猪技术也是关键。他喜欢养猪，并且责任心强，不怕辛苦，每天都骑着自行车到几里外的粉丝厂拉回那些粉丝水（下脚料），与米糠、麦皮一起煮，煮出来的潲水有营养，仔猪不但吃着有胃口，长膘也特别快。加之我父亲懂些养猪的窍门，买回的仔猪他都会先喂驱虫药，蛔虫被驱出来后，仔猪营养吸收就好，长膘就快。

由于我家的猪栏离仔猪交易场只有200多米远，走路几分钟就到，猪商上门看猪很方便，所以不必担心卖猪和送猪的问题。记得那时家里的两个猪栏常常满栏，每栏可以养十四五头仔猪，每个月至少都能卖两次，每次可赚两三百元，也算是一笔可观的收入，毕竟当时我每月的工资也只有30元左右。

这就是我和父亲当年的“发家之路”。

家庭养鸡

全城养鸡的时代

现在的农村家庭里养三五只鸡很普遍，养十只八只的也不少。养鸡既可以解决剩菜剩饭的问题（用来喂鸡），也可以解决一家人吃鸡蛋的问题，遇到节日或家里来了客人还可杀鸡加菜，很是方便。但县城和城市就不同了，如果每个家庭都养鸡，鸡屎遍地，那真是十分影响环境。

回想80年代中期，我在家乡博白县城工作时，情况完全相反。那时正是改革开放初期，各行各业都行动起来，抓生产，促经济。家庭也不例外，每家每户都想方设法寻找致富门路，除了开店办厂，养猪养鸡养鸭也是好门路，特别是养鸡，投入少，易操作，见效快。正因为这样，县城一时间出现了养鸡热潮，养鸡的发展态势完全超出了人们的预料，不但食品公司和外贸公司这些企业养，居民、机关和单位的双职工家庭也养，少的养几只，多的养几十上百只。这些家庭养鸡，不仅是为了解决自家吃蛋吃肉的问题，有些还拿到市场上卖，把它作为一条致富的路子。

那时家庭养鸡的确盛行，就拿我所在的县商业局来说，几乎所有的双职工家庭都养鸡。但大家喂的并不是专门的鸡饲料，而是剩菜剩饭、米糠、麦皮、豆粕、玉米等，也没有专门的场地，都是养在自家的房前屋后、阳台和楼顶，连办公楼的空地也不放过。所以那段时间在单位上班时常常会闻到鸡屎味，但单位也不管，毕竟大家都养，有臭味也只能忍了。

记得当时单位里有一个女干部，在办公楼顶搭起了一个很大的养鸡棚，养了100多只鸡。每天下班后她和她丈夫就忙碌起来，不是喂鸡就是扫鸡屎，有时还要打针喂药，忙到晚上10点还不能休息。除了晚上忙碌，中午还要卖鸡、买饲料，并把扫出来的鸡屎担到街边的垃圾池去倒掉。

因为当时县城里每家每户都养鸡，所以鸡苗便成了抢手货，谁有鸡苗卖，谁就能赚钱。那时县城只有食品公司和外贸公司办了大型养鸡场，它们不但饲养蛋鸡和肉鸡，也孵化鸡苗出售，所以县城的家庭养鸡户一般都在那两个养鸡场买鸡苗。由于鸡苗的市场需求大，很难足量供应，因此后来出现了走后门、搞批条买鸡苗的现象。

记得那时，那两个养鸡场的场长、副场长很是体面，去哪里办事都有人围着，上街也会被熟人拦住，不是写批条，就是聊鸡苗。因为鸡苗生意火爆，所以养鸡场的经营利润也可观，我作为业余新闻报道员，还就此专门采访了场长，写了一篇《孵鸡苗，保供应》的新闻稿件，后来登上了《广西日报》。南宁的两个朋友看到报上的新闻后，还打来电话请我帮买鸡苗。

家庭养鸡在80年代中期之所以会这么兴盛，主要是因为改革开放后，人们想增加收入，改善生活。

个体户

"小打小闹"赚大钱

"个体户，小打小闹开小铺，经风见雨看世面，勤恳经营能致富。"这是80年代关于个体户的几句流行语。现如今，改革开放已40多年，当年那些开小铺做小生意的人，已有不少成了"大款"，这让我想起了80年代初期家乡博白县城的个体户。

那时候改革开放刚实行不久，国门打开，外国人纷纷涌来投资办厂，经商氛围越来越浓，于是县城里的人都萌生了一个想法——做个体户。但大家还是有些害怕，怕政策不稳定。为了稳定民心，县工商局成立了个体经营股，还成立了个体协会，并给符合规定的个体户发放个体户工商营业执照。这样一来，人们心里就踏实了，纷纷行动起来。

那时县城不大，只有几条老街，街上的铺面并不多，大家都想出来做小生意，但又租不到铺面。不得不说，还是县工商局和城区工商所考虑周到：它们把县城中心的兴隆街和大街的一部分划出来，专门作为个体户经营的市场，又拨出一笔资金专门用来定做统一的移动式货架，还在每个货架上安装了挡雨板，然后摆到街边租给那些想经商做小买卖的个体户。这样一来，个体户们的摊子虽然摆在街上，但看起来还比较整齐。当时的县城没有城管队，所以在街上摆摊设点的事由工商部门说了算。工商部门认为设摊出租不但方便了个体户经营，也可以收一些摊位费补充财政，更重要的是能活跃市场、促进改革开放，何乐而不为呢?

当时，兴隆街和大街是县城最热闹的地方，在这两条街上，摆满了个体户的摊档，卖得最多的是服装、布匹、鞋和日用品，还有手工艺品、报纸杂志、小食品，等等。这些摆摊的个体户主要有待业青年，辞职、停薪留职和做第二职业的单位职工，退休人员以及进城的农民。白天，这两条街上行人如织、热闹非凡，遇上街日，还有大量农民进城，在街上连走路都困难，得侧身而过，不小心还会碰到别人；到了晚上，街上就开夜市，每个摊位都挂一盏电灯，一排排电灯把街上照得如同白昼，8点以后更是人山人海，来逛街和买东西的人比白天还多，生意也异常好做。

在我的印象中，那时县城里不少人都想当个体户做点小生意，在单位工作的人也不例外。记得百货公司有一个会计，年纪轻轻就很有经济头脑，在百货大楼对面租了个铺面开店卖小百货，店主要由他爱人来管理，他只负责店里的策划，作为第二职业。初时小店生意一般，但由于经营灵活、服务周到、价格便宜，生意越做越大，后来夫妻俩聘了几个员工，成了老板。百货公司里有几个女员工也很大胆，从单位辞职出来开布匹摊，还开在百货大楼门前。她们借着个体经营灵活的优势，后来也赚了大钱，还到南宁买了房。所以，别看个体户只是“小打小闹”，用心经营也能赚大钱。

“万元户”

年收入600万元？！

现如今，“万元户”遍地都是，“百万户”常常能见到，“千万户”也不足为奇，“亿元户”才算大富之家。这是百姓富足的体现，比起70年代末80年代初，我在家乡博白县城看到的百姓生活和家庭收入，真是发生了翻天覆地的变化。

那个年代的“万元户”很少，有些乡镇有一两个，有些乡镇一个也没有，县城也只有几个，据说在全国也只有3%左右的比例，少得可怜。为什么呢？就拿大家每天都要吃的大米的价格来说吧。当时1公斤大米的售价是0.15元左右，而如今1公斤大米的价格是4.5元左右，价格是那时候的30倍。这样我们就可以推算，现在的30万元差不多相当于当时的1万元。也有人认为，要有600万元左右才能达到那时的“万元户”水平。

那时候，改革开放的号角刚刚吹响，乡下的农民和城镇的居民开始觉醒：要致富，光是在家里等待机会，或是种点水稻、做点小买卖是不行的，必须选择一条适合自己发展的路闯一闯才行。路有很多条，在农村，人们可以开展多种经营，在田地或到山上种植经济作物，如烤烟、山药、罗汉果、田七、八角、玉桂、香蕉、龙眼和荔枝等；也可以利用本地资源搞芒、竹编织品；还可以养鸡、养鸭、养猪、养鱼和养桑蚕。在乡镇和县城里的人可以开商店、开录像厅、开桌球馆和开游戏机室，或是办旅社；也可以搞修理、搞饮食，甚至做建筑。在单位上班的人可以搞第二职业，也可以下海经商，办实业、当老板。

在那个时候，很多人都有想法，但大多数人的胆量还不够，毕竟家里积蓄不多，害怕失手。要说到银行贷款或者向私人借，一般人都不敢。正因为这样，谁在当时敢上山种果树、种经济作物，敢下海做生意，谁就有机会赚到人生的第一桶金，然后通过自己的努力创造财富，成为“万元户”。我记得那时县城只有三个“万元户”。这当然不是评出来的，而是大家公认的。这三个“万元户”是陈志林、陈作益和梁德，三个人我都熟悉，我们都是朋友，经常往来。

先说第一个“万元户”陈志林，家住县城的新兴街北段，也就是食品公司的对面。他开了个建筑公司，手下有不少人，因为讲信誉，施工质量好，承揽了县城里不少房屋建筑工程，公司业务越做越大，短短几年时间就发家致富，成为县城有名的“万元户”。记得县城第一座高层的私人楼就是他家的，楼高有七八层，相当显眼。

再说第二个“万元户”陈作益，家住县城南面的鱼花塘边，也建有一座楼房，占地面积有二三百平方米。他有想法也有胆量，在县城开了第一家私营的蛇皮袋编织厂，厂的规模也不小，厂房就有几百平方米。他们厂生产的蛇皮袋质量好，所以很畅销，他本人也成了“万元户”。

还有第三个“万元户”梁德，家住新兴街北面的尽头。他是博白街上人，讲一口纯正的街坊话，开了一间修表铺，设在大街的工商银行旁边。因为手艺好、技术硬，所以找他修手表的人特别多。他生意做得有声有色，几年时间就赚了钱，还建起了一座小别墅。别墅里有园林和盆景，还配有电唱机和大音箱，他常常在家自娱自乐。他出门总是穿得整整齐齐，头梳得发亮，总戴一副太阳镜，上下班都骑一辆凤凰牌自行车，车前装一盏射灯，给人的印象就是活得潇洒，生活很幸福。

当时这三个“万元户”都有一组共同的家庭标配——四大件，即“三转一响”（自行车、缝纫机、手表、收音机）。这“三转一响”中最突出的是手表，他们家里除了小孩，家庭成员几乎每人一块，而且都是上海牌。在穿衣打扮上，“万元户”个个都穿的确良衬衫——这是当年“万元户”的一种时尚。

信誉

灵活借贷也要坚守原则

信誉，虽然看不见摸不着，但它就像影子一样时时刻刻存在，默默地影响着个人、单位、企业的形象。虽说形象是软实力，但它在现实社会中也发挥着作用，比如到银行贷款、做买卖、赊销商品等，好信誉的形象会得到更多便利。

我是商业领域中的一个职业人，几十年来，当过售货员、业务员，也做过公司副经理、总经理，还做过董事长、法人代表，深深知道信誉的重要性。在社会上，不论是一个人还是一个公司，如果没有了信誉，将会寸步难行。就我个人来说，虽然算不上事业有成，但夜半敲门心不惊，因为几十年来我都讲信誉，不欠钱、不惹事，手机号码也从未换过，20多年里几乎全天开机。

回想80年代中期，大家都想下海经商赚点钱，过好日子，但很多人没有本钱。怎么办？只能想方设法去借去贷，借款和贷款除了要有担保、抵押，还要讲信誉。那时候我在县城的单位工作，看着大家或停薪留职或辞职去经商，年轻气盛的我也跃跃欲试。经过考虑，我决定买辆货车做货物运输的生意。但当时我没有资金，也没有可抵押的物件到银行贷款，只能从一个经商的好友那里借了几万元，并跟他约定好归还的时间和利息。借到款后，我就买了一辆东风牌货车，搞起了汽车货物运输这个第二职业。我请来司机，并让退休的父亲跟随汽车上路，当司机的助理，我则利用早晚下班时间寻找货源，处理调度、运费和资金等相关事务。这样一来，每天下班后我总是忙个不停。虽然确实有点苦，但为了如期还上好友的借款，我咬牙挺了过去，按期还清了本息。

后来的一段时期，由于人们头脑发热、一哄而起，几年时间里货车猛增，但需要运输的货物并没有增加，竞争就越来越激烈。货车车主为了抢货拉，纷纷降低运费，货主从中得利不说，有些还迟迟不付运费。当时我经营汽车货运的资金周转出现了问题，而利息、司机的工资，以及油费、修理费等，又处处都需要资金。在这样的情况下，向个人借款很难，我只好去银行贷款。当时县城的银行也有几家，而且都有对私业务，有些还开设有对私营业部，工商银行、农业银行和农村信用社还面向个体户专门成立了城市信用社。到银行办理对私贷款业务，一万元以下的可以凭信用贷款，只需要进行信誉调查评估，评估合格后经集体讨论就可以放贷，超过一万元的才需要担保和抵押。所以那时为了解决资金周转问题，我向城市信用社申请过贷款，申请的额度都是一万元，凭着自己的信誉，每次都能贷到款。

每次贷款到期后，我都很讲信用，及时归还。偶尔遇到资金周转不过来的情况，我就采取灵活还贷的办法，在其他银行或信用社贷三五千元，先把到期的贷款还清。这种做法虽然是多行开户，但也是那时解决燃眉之急的唯一办法，而且我也从未出现逾期还款的情况。正是这种灵活还贷的办法，帮助我度过了经营汽车货运那将近两年的困难时期，也维护了我在银行的信誉。由于信誉好，只要我有贷款的需要，到哪个银行和信用社贷款都方便，随到随办，有时甚至不需要调查，银行领导也特批放贷。

感谢“信誉”，帮助我度过了那段艰难的日子。

◆ 第六篇 ◆

九行八业 烟火忙

无分贵贱，无惧浮沉，每个人都在各自的事业中燃烧着自己的青春和热情。

群像

客家人

有特色，有光芒

如今的博白县人口将近200万人，不仅是广西的人口大县，也是世界最大的客家人聚居县。博白县虽然没有撤县设市，但县城也像个小城市，到处熙熙攘攘，热闹非凡，尤其是前两年兴建了一条“客家文化步行街”后，客家文化的氛围就更浓厚了。我曾在这里工作和生活了20年，不但熟悉这里的每一条街、每一条巷，而且对客家人也颇有好感，所以特别想以非客家人的身份，写一写我所了解的七八十年代在博白的客家人。

先从70年代末说起。那时我来到县城后便在五金公司工作，一年半后调到了商业局。因为我对县城的一切都感兴趣，有空就四处转悠，所以结交了不少朋友，从他们口中了解了不少县里的情况。

当时县里人口多姓氏也多，但使用的方言只有街坊话、地佬话和新民话三种。如果单从方言来判断的话，说街坊话的大都是博白镇的人，说地佬话的大都是博白县城北面、西面和南面20公里范围内几个公社的人[①]，说新民话的就是远道而来在博白定居的客家人。

客家人迁来博白的时间不详，他们分布在县城的东南面，分布范围延绵几十公里，遍布10多个地方，包括旺茂、东平、沙河、松山、龙潭、那卜、英桥、文地、宁潭、凤山等。当时的客家人口，可能占到了全县人口的60%以上，在县城机关、企事业单位的干部职工里，客家人也占了很大的比例。就拿我熟悉的商业部门来说，当时的商业局有10位正、副局长，除了局长刘世福是南下干部，副局长覃义高是本地人，其余8位副局长都是客家人，其他的干部职工中客家人占的比例也不小。这是因为70年代招工招干大都面向农村，博白农村客家人多，所以招上来的客家人自然也就多了，而他们大都自律、认真、负责，往往能得到单位的重用。

---

① 这些人也是土生土长的博白本地人。就像我，讲的是地佬话，是博白县旺茂乡人，属于本地人。

据我了解，博白的客家人主要来自粤、闽、赣等地，他们对自己的语言，也就是新民话有着独特的情感，不管迁徙到哪里，语言从未改变。客家人有“宁卖祖宗田，不忘祖宗言；宁卖祖宗坑，不忘祖宗声”的说法，或许这就是客家人跨越万里、穿越千年，在精神上仍能与故乡、先祖联系的文化密码。

客家话在广西的不同地方有不同的叫法，如涯话、麻介话、新民话等，我们博白统一叫新民话。客家话是一种源远流长的语言，它穿过历史的风烟，历经岁月的荡涤，在客家人的生活中生根、发芽……客家人在博白也有文学与艺术，而且广为流传，比如客家的山歌、采茶剧等，影响较大的当数80年代后期的采茶剧团。这个剧团的前身是博白县文艺队，更名后常常排练采茶剧，并到各乡镇去巡回演出，深受博白人的喜爱。除了文艺，客家的民俗节庆也很丰富，比较有特色的是传统婚俗方面，包括提亲、送定、报日子、送嫁妆、接亲等环节。尤其值得一提的是客家美食，别具一格，主要有白切的鸡鹅鸭、“老鼠拱被胎”、酿豆腐、甜酸扣肉等。

除此之外，客家人在博白的表现也很突出。前面提到的商业局的8位客家人副局长，有3人还兼百货、糖烟酒、石油公司的总经理，另外五金、盐业、医药公司的总经理也是客家人，可见客家人在商业方面的才干不俗。而且我记得那时县城机关单位中有不少优秀领导也是客家人，他们工作认真负责，管理水平也高，这是大家公认的。

80年代初，我常到县人民会堂听报告，听得最多的就是县委宣传部沈维洲部长的报告。他是客家人，人长得端正大方，讲一口标准的龙潭新民话，声音响亮，吐字清楚，而且报告层次分明，表达能力很强。每次他做报告时，大家都听得特别认真。公安局局长刘振才也是客家人，他身材壮硕魁梧，眼睛炯炯有神，人们都说他是天生的公安局局长，走在大街上，小偷见了都害怕。说实话，他在任时县城确实极少发生小偷小摸事件，治安状况很好。

此外还有县委办公室主任刘道升、县政府办公室主任梁喜超、县人民法院院长李衍飞、县外贸局局长朱光灿等，这些优秀的客家人领导都为博白的发展奉献了自己的一份力量。

化工店的售货员

“偏向虎山行”的革命同志

现在大家很多东西都从网上购买，许多时候都是和网店客服沟通，与实体店售货员的接触少了很多。回想70年代，大到家具电器，小到吃穿玩娱，大家身上穿的、生活中用的，都得从商店的售货员手中购买，售货员在那时人们的生活中是很重要的角色。

说起来，五金公司化工门市部是我到县城工作的第一个单位，岗位就是售货员。这个门市部与其他商店不一样，它销售的化工产品比较特殊，又脏又臭，而且还会影响身体健康。记得我第一天到门市部上班时，刚进门就闻到一股刺激的气味，让人难受。仔细一看，原来很多化工产品都拆散来卖，这样就污染了门店的空气。难道门市部的售货员不知道这些商品对身体有害吗？他们当然知道，他们是为了方便顾客、满足顾客的需求才这样做的。比如门店里的光油、天那水是刺激性气味最大的商品，完全可以整件售卖，但顾客一般只需要几两，而县城又没有第二家店卖这些，如果我们门市部不拆散零卖，顾客就没地方买了。因此，门店就为顾客着想，“明知山有虎，偏向虎山行”，践行国营商业的服务宗旨——全心全意为人民服务。

先拿光油这种刷家具的清漆来说吧，每天都会有几十个顾客来买，一般都是买个半斤几两，多的也就一斤。售货员在分装时必须手工操作，就像卖烧酒那样一勺勺地打上来，再通过漏斗装入瓶子里。分装的过程不仅气味刺鼻，一不小心还容易弄脏手。

在五金公司化工门市部当售货员的第二年，我到博白照相馆拍摄了这张照片，给“偏向虎山行”的自己一个奖励

再说说那些给家具打底色用的粉末状化工染料，有七八种那么多，我们全部拆散来卖，不同品种分别装在不同的铁桶里，并且都敞开让顾客看得见。顾客购买的数量不多，一般是一二两。每次分装时，需要售货员用一个小勺子舀出来，再装进纸角里过秤。这一过程也很容易弄脏手、脚和衣服。记得我刚来门店工作时，最不习惯的就是卖这种化工染料，好几次都把衣服和鞋染上了颜色，怎么洗也洗不干净。后来我一到店里上班，就穿上一条类似厨师围的那种大围裙，虽然不是很好看，但能避免弄脏衣服和鞋子。店里的其他员工也是如此。

分装各种颜色的油漆也是让人比较难受的工作。我们要把大桶的油漆倒出，然后装入小瓶，整个过程都是手工操作，用的工具也是漏斗和小勺，一次要分装几十上百瓶，再小心也难免会弄脏手。手沾上油漆后，普通的肥皂、洗衣粉根本洗不干净，只有用化工产品松节油才能洗得掉。

尽管门市部的工作又脏又臭而且伤害身体，但门店的几个售货员仍坚守岗位，谁也没有提出过调离。有两位老员工一干就是八九年，听她们说，因为从事这项工作时间太久，还得了慢性病。尽管如此，她们也从未向公司提什么特殊要求。据我了解，其中一位员工的丈夫是解放前的中共地下党员，还有一位员工的丈夫是解放战争时的南下干部，难怪她们觉悟这么高。我知道后，不得不佩服她们的这种敬业精神。

售肉员

旧时代的“分配大师”

时代不同，人们吃肉的习惯也不同，如今人们讲究营养均衡，吃的肉品类十分丰富。而买肉的方式也在与时俱进，只要身上有钱，随时可以到超市或菜市去买，如果没有时间，打个电话或发个微信也能买到，然后叫个跑腿送货上门，既方便又快速。回想七八十年代，我在家乡博白县城的所见所闻，与现在完全不同。

那时物资普遍匮乏，人们既缺钱，又缺肉，城里卖的都是猪肉，而且还要凭肉票才能买到。每个干部职工和居民，每月定量供应的猪肉只有3斤，每次买肉还要早早起床去排队，排到了也不像现在这样可以随心所欲地买，肥肉、瘦肉，或是半肥半瘦，都得按规定由售肉员搭配。提起售肉员，那我就来写写计划经济时代这个特别的工种。

售肉员这个工种，表面看来很普通，但实际上很不一般。因为大家都想用手上不多的肉票买到好肉，所以售肉员的工作牵涉到千家万户，关系到人们能不能吃上好肉。那时候，全县干部职工和居民的猪肉都由县食品公司供应，它是商业局的一个下属单位，各乡镇的食品站都归它管理，它还负责全县的生猪收购和上调，地位很特殊，也很重要。食品公司在县城有一个屠宰场，杀猪不需人工，全部是半机械作业。县城设有几个固定的猪肉供应点，也设有几个临时的摊点，方便机关单位和个人买肉。

每天早上5点钟左右，各个猪肉供应点和临时摊点的售肉员就要到屠宰场去进货，把猪肉拉回摊点后立马开始售卖。记得那时食品公司在县城最大的一个猪肉销售店，位置在屠宰场门前（县外贸局旁边），面积有300多平方米，还设有一个停车场。销售店其实就是一个敞开的大厅，布置很简洁，只有一排长长的猪肉台，台上摆满猪肉和猪骨。这排猪肉台后面站着10多个售肉员，各自负责面前三四尺长的肉台，每个人都扎一条油腻腻的围裙，配一杆手秤和两把刀，一把用来割肉，另一把用来砍骨。每天早上5点半，销售店一开门，一群人就拥进来排队买肉，售肉员就按排队的先后顺序割肉、分配。卖肉要严格按照规定执行，哪怕是岳父岳母来了也得按规定分配，否则排队的人就会有意见，甚至大吵大闹，如果告到公司，售肉员还会被处理。因此，别看割猪肉简单，如果把握不好下刀的分寸，也会出大问题。

至于吃肉的偏好，现在大家都喜欢吃瘦肉，但那时最抢手的是半肥瘦的肉。因为那时的人都缺油水，买到半肥半瘦的猪肉后，就能用肥肉煎些油来炒青菜，补充油水。最难卖的是猪骨头，少肉少油的，本来大家就缺油水，谁都不爱啃骨头。所以一头全猪摆在肉台上，怎么搭配才能既让顾客满意，又让这头猪的骨和肉全部卖完，靠的就是售肉员的技巧了。现在回想起来，当年食品公司的售肉员也真不容易，比一般售货员难多了。

环卫工人

博白的“时传祥”们

每当走在干净整洁的街道上，我就会想到环卫工人——没有他们早早起床，冬顶严寒，夏冒酷暑，日复一日，年复一年，以“宁愿一人脏，换来万家净”的奉献精神忘我地工作，哪有整座城市的整洁与美丽？难怪环卫工人被人们赞誉为“城市黄玫瑰”“马路天使”“城市美容师”……

环卫工人主要负责街道的卫生保洁工作，从1987年开始，至今已有多个省（区、市）设立省级环卫工人节，可见社会对环卫工人的关心和重视。早在1959年10月26日，国家主席刘少奇接见全国劳动模范、淘粪工人时传祥时就曾说过：“你淘大粪是人民的勤务员，我当主席也是人民的勤务员，这只是革命分工的不同，都是革命事业中不可缺少的一部分。”这番话极大地鼓舞了全国的环卫工人，对于提高环卫工人的社会地位，唤起全社会对环卫工人和环卫事业的尊重、理解、关心和支持，起了很大的作用。现如今，时代的进步为环卫工人创造了很好的工作条件，扫地有机械“帮手”，管理规范，节假日也可休息，而且人们对环卫工人也越来越理解和尊重。

回想七八十年代博白县城环卫工人的工作条件，与现在相比真是差别很大，他们特别辛苦，但没有什么怨言，总是默默地干活。那时候我在商业局工作，环卫站就在单位对面不远的小巷里，经常有环卫工人出入。有两次我还特地走进环卫站看了他们的居住环境，因而对环卫站和环卫工人有些许了解。

当时环卫站隶属基建局管理，属于事业单位，虽然工资列入财政预算，但环卫工人的收入很低，住宿条件也差，都是两三个人住一间简易平房。而且那时候环卫工人地位低、受歧视，工作又脏又累，因此很少人愿意干这一行。尽管1959年国家主席刘少奇接见了淘粪工人时传祥，讲了那些鼓舞人心的话，但人们的观念一时还难以转变，所以那时环卫站很难招到环卫工人，愿意干的都是一些身体状况欠佳，或者有些许残障的人。

当时的博白县城虽然不大，只有几条老街，但街道并不平坦，也没有扫地的机械，全靠人一步一步地走，一点一点地扫，没有一两个小时根本扫不完一条街。所以每天早晨4点钟，当人们还在梦乡之时，环卫工人就要出工了。他们拉起一辆板车，戴上一顶斗笠，拿上一把铁铲和一杆扫帚，就到街道去工作了：先把街上的垃圾扫成堆，再把垃圾铲上板车，装满车后就把垃圾拉到指定的堆放点倾倒，之后环卫站的汽车会把垃圾运到城东垃圾场集中处理。

那时的环卫站管理不是很规范，环卫工人几乎没有什么周末和节假日，每天都要起早贪黑地上街扫地、清理垃圾，也没有显眼的服装和鞋帽用于劳动保护。但在他们心里只有好好工作，没有什么不满和抱怨。夏天，当人们在荫凉处享受清凉时，他们冒着酷暑上街扫地，汗流浃背，衣服湿了照样干；冬天，当人们还在温暖的被窝里酣睡时，他们冒着严寒到街上扫地，遇到刮风下雨也不休息。

在我的印象中，县城的环卫工人除了不怕累，还不怕脏。那时县城里很多单位的干部职工都在家中的阳台、楼顶养鸡，每天产生的鸡屎都直接往垃圾堆里倒，数量多，气味也难闻。每当遇到这种情况，环卫工人不是发脾气指责，而是老老实实地把鸡屎捡起来装上车拉走。这都是我亲眼所见，而且他们不是一两天这么做，是一直这么做。

搬运工

不怕苦来不怕累

工业时代的到来，让码头、车站、仓库的货物装卸实现了机械化，只有一些零星的搬运、装卸和搬家公司还依靠人力装卸货物。回想70年代，家乡博白县城曾有一家搬运社，后来业务扩大，改名为陆运公司，里面有20多个搬运工。我觉得有必要说一说这些人，毕竟他们太辛苦，付出太多了。

先从搬运社说起。70年代末，改革开放刚开始，汽车不多，只靠汽车运输货物还无法满足需求，于是搬运社就起到了补充的作用。当时的搬运社在新兴街的县外贸局对面，属于集体单位，拥有20多辆人力木车和20多个搬运工。人力木车可以代替汽车、拖拉机运输货物，虽然速度慢一些，但运费比汽车和拖拉机都便宜，所以受到基层供销社和一些货主的青睐，生意不错。

这些人力木车不但可以在县城范围内运货，还可以把货物运送到各乡镇，弥补了运力的不足。此外，由于当时县城的一些国营商业公司和单位都没有装卸机械，所以每逢有货物需要装卸时，都要请来搬运社的搬运工。这样一来，搬运社的生意越来越好，就改名为陆运公司，隶属交通局管理，同时购买了几辆汽车，还建了一栋楼开旅社。到了80年代中期，商业局下属的开发公司又把陆运公司整体收购过来，也接收了几十个员工，包括那20多个搬运工。

说回70年代末。那时搬运社的搬运工都是从县城居民中招来的，不分男女，不论高矮，不问学历，只要身强体壮、能吃苦，主动报名的一般都能被录用。我认识这些搬运工时，已在五金公司工作。那时的货物大都是整件整箱装卸的，而且都是大木箱，特别是自行车、五金制品、铁钉铁线，一箱就是100公斤左右，别说是仓库的工人，就是搬运工，没有两个人也根本抬不动，更不必说卸到仓库后还要一箱箱堆码了。因此我们公司和百货、糖烟酒公司一样，每当仓库来货时，就会打电话通知搬运社派搬运工过来帮忙卸货。不仅是我们这些公司，各供销社提货时也会请搬运工。每当采购员要开车到仓库提货时，他们总会坐着汽车先到搬运社接搬运工。但石油仓库例外，不需要每次提货都先请搬运工，因为石油仓库里有两三个常驻的搬运工，只要顾客来仓库提运油料，他们就会把油装好并搬上车。

在我的印象中，搬运工绝大多数是男性，只有几个是女性，不论男女，他们肩上都常常搭着一条又长又大的毛巾或布，搬运货物时就用毛巾或布盖住头和肩背，防止擦伤头部和皮肤，如果出汗了，还可以用来擦汗。夏天时男搬运工只穿一条短裤，女的则穿一身破旧的衣服，根本不计较好不好看。他们每日三餐不定时，干完活才吃饭，菜多菜少没关系，但饭一定要管饱，吃不饱饭可干不了这个活儿。按照当时的粮食定量，他们每月的供应标准为45斤，相当于特重体力劳动的粮食标准了。

当时我认识一个男搬运工，人长得高大而且五官端正，真可谓一表人才，但因说话声音小，人们都叫他“阿娘”。在同他的接触中我了解到，搬运工不怕苦，也不怕累，只怕搬有毒的物品，比如化工产品的粉末、农药中的六六六等，因为一旦包装袋破损，沾到或是吸入那些有毒物质，就有可能伤害身体。但他们也从不回避这类货物，从不因为怕就不去装卸。有时不小心沾到了，抖一抖，洗洗手，照常回家吃饭，着实可敬。因此每次我看见他们时，都会打声招呼，问句好。

文字秘书

打字员的最佳拍档和“偷师”对象

一直以来，会写文章的人不但受到人们的尊重，而且往往能得到领导的重用，毕竟写作人才难得一见。刚毕业的大学生虽然知识丰富，但缺少磨炼，必须经过三五年的苦学勤写，积累经验，才能写出好文章。借着这个话题，我来写写七八十年代，我在家乡博白县城工作时接触到的文字秘书。

那时，尽管人们生活并不富裕，但工作起来很认真，也很积极。那时的政治氛围比较浓，单位里经常开会学习、出墙报、搞宣传专栏，大张旗鼓地宣传好人好事。半年一小结，年终大总结，另外评先进、搞表彰也是少不了的，而且在年终的总结表彰大会上，必须将先进单位和先进个人的典型材料发放给每个参会代表。在这样的情况下，各单位就必须配备一个文字秘书，否则各种材料就无人撰写，也无法适应上级的宣传要求。

那时县里各部、委、办、局和大的企业，一般都配有一个文字秘书。文字秘书并不需要时时跟着领导，但常常要为领导服务，撰写各种汇报材料，所以他们经常会到基层转一转、听一听，了解各种情况。别看文字秘书级别不高，但作用可不小，开会讲话稿、半年小结、年终总结、先进典型材料，林林总总，少了他们，单位的宣传工作就难以开展，甚至开会都难。

70年代后期，我在县商业局当打字员，对商业局、财贸部和食品公司这三个单位的文字秘书都很熟悉。当时财贸部、商业局和食品公司都配有一个文字秘书，他们不是年轻的大学生，也不是有文凭的干部，而是自学成才的文字工作者，专吃写材料这碗饭，年纪大的有50多岁，小的也将近40岁，是各单位经过精挑细选，从基层调上来的优秀人才，文字功底扎实，文章也写得不错。

记得那时财贸部作为县里的重要部门，每年都要开一两次财贸工作会议，分管财贸的副县长、副书记必定要在会上讲话，那些讲话稿都是由财贸部的文字秘书庞举根写的。每次写讲话稿之前，他先是仔细聆听领导的指示，然后整理思路，列出提纲，接着就开始写，写好初稿后上呈领导审阅，按领导提出的修改意见改好后才定稿。如果有必要，他还会拿着确定好的讲话稿到我这里来打印，开会时发给大家。

那时商业局的文字秘书冯晋财也很受局领导的重用，还兼任秘书股副股长。他平时比较悠闲，就是到基层转转，写写汇报材料，但一到年终就要加班加点地忙起来，一是写年终总结，二是写下一年度的工作计划，三是写全系统的先进单位材料。全部材料准备好后，局里才能召开年终总结大会和表彰大会。每到那个时候我就特别忙，也要加班加点地打印材料。

在我心目中，最有水平的文字秘书当数食品公司的李友荆。他那时50岁出头，戴一副眼镜，穿着干净整齐，衣服上面的口袋总是插着一支钢笔，不用介绍都看得出是个文人，墨水肯定喝了不少。平时他很少说话，说起话来声音很小，在办公室时总是看书和读报，可一旦公司要开会，他就要忙起来了，因为公司领导的发言稿和报告都出自他手。他的字虽然不是很漂亮，但文字功底很扎实，语言表达很准确，读起来既通顺又自然。那时候食品公司几乎每年都被评为商业系统的先进单位，他写的先进材料都经我手打印，我从中“偷师”了不少，因此记忆特别深刻。我后来会爱上写文章，也与他的影响有很大关系。

通信员

安全稳妥，使命必达

时代不同，办公效率也大不一样。如今大多数单位几乎人人都配有电脑，办公已实现无纸化、网络化，既节约了费用，又方便快捷。回想七八十年代，单位的文件都要打印出来，然后由专人派送，才能传达文件或通知，真是费时又费力。虽说办公方式的高效化是社会进步的必然，但没有当初的落后，哪有今天办公的现代化？借着这个话题，我来写写那个年代家乡博白县委办公室的通信员，记录一下这个特殊的工种。

那时候，县委“牌子”虽大，但办公条件并不好。县委领导的办公楼是民国时期建的老“中楼”，县委机关各部门的办公楼更差，都是两层的瓦片房，二楼地面铺的全是火砖或土木板，人走上去还会晃动。办公室的配置也很简陋，县委领导的办公室只有一张简单的办公桌和一对木沙发，以及一个老茶筒和一部电话机；各部、办、局领导的电话机还不是单配，都是两三个人用一部。

那时县委办的日常事务很多，县直有几十个部门和单位，每天都要发文件和通知。所有这些文件和通知都是统一拿到打字室，由打字员手工打印出来，然后由经办人装进信封，写好收件单位、明确保密级别后，转交县委办的信件收发室，再由通信员送到各公社（乡镇）和县直各单位。各下级单位收到后，经收人要签字以示负责——这是那个年代机关单位收发文件和通知的一项基本制度。这些就是通信员要做的基本工作。尽管收发速度慢、办事手续多，但通信员都很有责任感，工作也比较细心，只要文件或通知送到县委办的收发室，一般是不会丢失的，而且都能按时送达，从不耽误。

记得那时县委办的信件收发室配有4名专职通信员，每个我都认识，有一个还是我的好友，所以他的工作我也了解一些，主要是收发县委和县政府各机关单位的报纸、信件、文件和通知。每天早上，通信员就要将收到的文件和通知分好类。对于需要发到县直各单位的文件和通知，会安排一人专送，交通工具是一辆单位配发的自行车，一个上午就要跑遍整个县城，把文件和通知送达。对于需要发到各公社的文件和通知，视紧急程度而定，急件当天就送，慢件按惯例三天一送，交通工具是汽车站的客运班车，一般都是顺着班车的线路送，一送就是10多个公社。

总之，通信员天天都在路上奔走着，不是骑自行车就是坐班车，没有停歇。通信员的工作很辛苦，而且不能有半点麻痹和疏忽，如果丢失文件，批评是轻的，严重的还会受处分，甚至丢掉工作。当然，这种情况从未出现过，因为这几个通信员素质很高，责任心也很强，常常受到县委办领导的表扬，我的好友还因为工作表现突出，先是被调上玉林，后又被调上了南宁。

在那个年代，通信员虽然普通，但很受县直单位的欢迎，因为他们的到来就意味着有上级的政策和指示到来，尤其是任命、提工资的文件或是节假日的放假通知等好消息送达时，单位的秘书们更是高兴。

南下干部

来自北方的支援

毛主席曾说过这样一句名言："政治路线确定之后，干部就是决定的因素。"可见干部的作用之大。如今的干部，可以到全国各地去交流、挂职甚至任职，比如到最基层的村党支部任第一书记，这是时代变化、干部制度改革的体现。每个时代有每个时代的做法。回想七八十年代，我在家乡博白县城接触过一些南下干部，他们大多来自东北和华北。说起南下干部，年轻一代可能不了解，他们是特殊历史背景下的革命群体。

解放战争后期和新中国成立初期，在人民解放军解放全中国的滚滚洪流中，为了接管和巩固新中国政权、支援南方新解放区建设，东北和华北各省的"老解放区"响应中共中央的号召，纷纷抽调大批党员干部随军南下——这就是南下干部的由来。我的家乡博白县城也来了不少南下干部。他们来时年轻，大多数还未成家，到了70年代末，已白发苍苍，基本都接近离休、退休的年龄了。他们讲一口普通话，肤色偏白，穿戴整齐，一身正气，与本地人有明显区别。我在县商业局工作时，从局里到下属各公司都有南下干部。他们可不是一般干部，几乎都是领导，而且是单位的一把手，人人都能干。

那时我的顶头上司局长刘世福就是南下干部。我初到商业局时，他已将近60岁，听同事们说，就是他签字同意我调来局里做打字员的。来上班的第一天，刘局长就到打字室看我，还说了一句："小伙子年轻有为，好好干！"我很是感动，几十年都未曾忘记。他人不是很高，但块头很大，胡子多，头圆，国字脸，大嘴巴，话不多，有点严肃，长得就是一副领导样儿。

那时的商业局是县里的重要部门，下辖七大公司，统领着1000多名干部职工，还管着紧缺的工业品和人人做梦都想吃的猪肉，他能当上这个局长，不但要有很强的工作能力，还要取得县委的信任。刘局长初来博白时还很年轻，后来在博白县城安家、生活和工作，还与本地姑娘结了婚，有了两个孩子。

除了局长刘世福，百货公司、糖烟酒公司的总经理也是南下干部。百货公司的总经理郝美岐我印象最深。他人长得很高大，耳大，脸长，满脸胡子，声音洪亮，说普通话时带有山东口音，做事干脆利落，管理公司很有一套。当时的百货公司员工多、商品多，经营的几千种商品中，有紧缺的缝纫机、手表，也有需要凭票供应的肥皂等，但他从不开后门搞特殊，一律按上级规定办事，赢得了干部职工的一致称赞。再说说糖烟酒公司的总经理，他也是南下干部，一身正气，从不违反规定批好烟、好酒和粉丝，而且对公司管理有方，后来被提拔为县财贸部副部长。

当年县里的南下干部很多，我就不一一介绍了。现如今，这些南下干部正逐渐衰老，离我们远去，但我们不能忘记他们，不能忘记他们为国家、为地方建设做出的贡献。

单职工

苦不苦，想想旧时单职工

单职工，现在的年轻人也许会认为是单身员工，实际上，它是计划经济时期常用的一个概念，指夫妻双方只有一方是国家机关或企事业单位的工作人员，另一方是其他人员

(如农民、“两劳”人员[①]等)。说实话，70年代末80年代初的单职工过得是真的苦。

当时县城里除了行政机关、事业单位，其他单位几乎都是国营企业，它们都面向农村招工招干。那些来到县城工作的年轻男职工，大多数会与农村的姑娘结婚，毕竟单位里的年轻姑娘少。这类男职工就属于单职工。

单职工、双职工和“单身汉”的区别首先体现在住房上。那个时候，住房是单位最大的一项福利，不在单位工作的个人很少有住房，除非是世居县城的居民。企事业单位招工招干后，一律由单位分配住房。没有结婚的单身职工，至少也会分得一个床位，已经结婚的职工就按规定分配住房。单职工一般会分配到一间住房，面积有大有小，条件好的单位有10多平方米，条件差的也有几平方米，但不管怎样都是独立的一间房，毕竟妻小来团聚时总得住上几晚。但不会给单职工分配厨房，这是统一的规定，每个单位都一样，平时大家都是到食堂吃饭。双职工的住房分配就不同了，没有孩子时一般都安排一间房，一旦有了孩子、雇了保姆，就可以向单位申请增加住房和厨房，条件好的单位可以增至两间房或

---

① “两劳”人员是劳动改造人员和劳动教养人员的简称。劳动改造人员，指犯罪后被判处刑罚收监执行的人员；劳动教养人员，指被采取行政处罚措施的人员。

换成一套房，条件差的单位就不一定了，但厨房肯定是少不了的，毕竟要解决双职工家庭全家人做饭炒菜的问题。

其实单职工与双职工最大的差别就在厨房的分配上。别看只是一个小小的厨房，它在提高生活质量上的作用可是很大的。那时饭店的饭菜都很贵，单位食堂的饭菜吃多了胃口也打不开，甚至还可能影响身体健康，所以能有个厨房自己做饭是特别幸福的。

那单职工想改善伙食，特别是乡下的妻小来团聚时，没有厨房怎么办？有些单职工就打起了主意，开起了小灶——在自己房间门口的走廊或找个偏僻的地方，安个移动的小灶，放个小铁镬，用木柴烧火炒菜，饭则从食堂买。对这个现象我记忆特别深，因为那时我在商业局工作，局里也有几个40多岁的单职工，有两个还是我的邻居。每当他们乡下的老婆孩子来探望时，他们就会在走廊里开小灶，小灶就摆在我房门的旁边，只有两三米远。他们烧柴炒菜时真是烟熏火燎，风一大还会把柴烟吹进我的房间里，熏得我眼泪直流。但这种情况单位一般不会管，我也不敢多言，都是默默忍受。毕竟我的父亲也是单职工，也曾在走廊里开过小灶。

那时的单职工住房差、没有厨房，他们的孩子一般都在乡下的农村读书，孩子的受教育条件也不好。这还不算什么，更难的是农村实行家庭联产承包责任制后，每家每户都要种地，所以单职工既要在县城的单位上班，又要兼顾乡下家里的田地耕种。每逢周六，单职工们下班后就要骑自行车连夜赶回乡下，第二天一早立马开始耕种。周日下午，刚干完地里的活儿又要连夜赶回县城，因为周一早上还要照常上班。这样的状态不是一两个星期，而是一两年，甚至更长的时间，特别是每年的农忙季节，赶路辛苦不用多说，在田间地头的劳动更是忙得不可开交，连吃饭的时间都得抢。大家看看，当年的单职工苦不苦！

个体

打字员

字，记在心里，刻在纸上

随着办公设备的更新换代，如今的办公早已实现了电子化，在电脑上就可以轻松搞定文档的编辑排版，再轻轻一点，文件就打印出来了，方便快捷。但在七八十年代，机关单位下发与上报的文件，不是在蜡纸上用铁笔刻字，就是用老式打字机在蜡纸上打字，之后还要在蜡纸上刷油墨，再通过手推油印机或手摇油印机印出来，不但速度慢，还很麻烦。现在40多年过去了，我依然能回忆起当年做打字员的经历。

那是1978年8月，我从县五金公司调到县商业局做打字员。在此之前我从未见过打字机，来到新单位后一切都是陌生的。由于县商业局原来的打字员因病离岗，所以我没有师傅带，也没有人指点，全靠自己摸索，慢慢熟悉。当时，县城的打字员不多，县委、县政府只有两个，大的局级单位至多有一个，全县城的机关单位加起来最多也就10来个。县城里也没有文印室之类的门店。因此，我在县商业局做打字员时，不仅要打印局里的文件，也要负责同一办公大院里的财贸部和多种经营办公室，以及除食品公司外的下属各公司的文件打印工作。

当时局里配备的打字机是上海产的，机子虽然刚买不久，但也属于老式机器了。打字机分为滚筒、机头和铅字盘三部分。滚筒是用来卷放蜡纸的，滚筒前面连接的部分是机头。铅字盘是一个长方形的金属盘，高两厘米，平放在打字机的机架上，里面密密麻麻地摆着三四千个常用的铅字。铅字盘内部由一个个小方格组成，格子下方不是封闭的，每个格子两边都有小金属条，起到托住铅字的作用。打字时，要先将蜡纸装上滚筒，然后把文件放在铅字盘前面，根据文件内容在铅字盘里寻找需要的铅字，看准了就按下打字的手柄，这样字就打到滚筒的蜡纸上了。如此反复，不停地打。

初时，我不熟悉铅字盘，打字的速度很慢。那时候，局里和财贸部需要打印的文件特别多，全由我一个人负责，没有其他人帮忙。如果我不尽快熟悉工作，就会影响到局里和部里工作的开展。在这种压力下，我必须全身心投入打字工作。为了尽快熟悉那几千个铅字的大概位置，我只有死记硬背，每天上班都坐在打字机前一边打一边记，下班后还把字盘表带回房间继续背。

经过10来个日夜的努力，我终于把打字机的字盘记了个大概，然后就要正式开始打文件了。按照要求，文件打出来后马上就要与拟稿人进行校对。我一般都会拿着蜡纸中间夹着的那层薄纸与拟稿人面对面校对，拟稿人读原始稿件，我仔细核对那张薄纸，如有打错的字句就停下来做标记。文件校对完毕后，我再回到打字室，把蜡纸装上打字机，用改正液把错字错句涂盖好，重新打上正确的字句。打好后，把蜡纸拆下来，装到一台手摇的油印机上，然后摆好白纸，涂上墨油，右手摇动，左手的拇指轻轻协助推纸，一份份文件就印出来了，速度与现在的打印机差不多。当然，对这个操作流程要非常熟悉，否则不但印不好，还会把手弄脏。

记得到商业局做打字员后，我整整半年没有看过一场电影，每天在打字室的时间都在12小时以上，连做梦也在打字。经过那半年的努力，我终于适应了这项工作，能够游刃有余地完成所有文件、材料的打印任务了。现在回想起来，当年的打字员工作真是不易，要不是年轻，精力好、干劲足，估计也很难胜任这项工作。

行政单位的业务员

不跑业务的业务员

七八十年代的博白县城，县级商业局作为行政部门，在政企不分的计划经济背景下，直接管理下属的百货、五金、糖烟酒、石油、食品、医药、饮食服务公司，还代管盐业公司。不但这些公司的正副职人事任命归商业局管理，各公司的名称前面也加上了“商业局”三个字，可见商业局与下属公司的关系之紧密。

1981年5月左右，我在县商业局做了近3年的打字员后，也许是因为登过一些文章，得到局领导的赏识，被调到业务股做业务员。刚接到通知的时候，我感到特别意外，既兴奋又紧张。

那时行政部门的业务股与经营公司的业务组很不一样，经营公司的业务组主要负责商品的购进和销售，要做很多琐碎的事务；而我们局的业务股，上接地区商业局业务科，下连各公司业务组，主要负责商品分配、物价调整、消防安全和商办工业等。之前业务股只有股长和副股长两人，我到任后也只有3人。股长将近60岁，是老干部，还曾是中共地下党员。副股长年龄也不小，50岁出头，专管物价。我到股里后，除了协助股长、副股长工作，主要就是负责日常事

80年代的我，在县商业局工作的我，做业务员的我，意气风发，干劲十足

务和各种业务报表。

那时候，自行车、缝纫机、电视机、肥皂、电池、白糖、名牌香烟等工业品都属于紧缺商品，石油产品中的汽油、柴油、煤油也是，此外还有猪肉。这些紧缺商品都属于商业局下属公司的经营范围，需要按计划分配。我印象最深的是石油产品的分配工作。

记得当时县石油公司还属县商业局管理，公司的总经理兼任县商业局副局长，经常到我们业务股讨论工作。此外，玉林石油分公司的业务科科长到县石油公司检查、指导工作时，也经常到我们业务股来商讨业务，有时需要到乡下的供销社调查，就由我陪同。当时玉林石油分公司的业务科科长叫项龙，上海人，讲一口标准的普通话，口头表达能力很强，说起话来条条在理，工作思路清晰，对业务也很熟悉。

有一次，项龙来博白了解柴油、灯用煤油的供求情况，我代表业务股，和与他一起来的另一名同志，陪同他到英桥、沙河供销社开展调查，并在英桥供销社召开了一个座谈会。会议由供销社主任主持，参会人员有几十人，项龙在会上讲了话，并听取了供销社、代销店、大队干部等多方的意见。根据这次调查的结果，项龙写了一份调查报告报送到自治区石油总公司，得到了领导的好评。后来，因为他工作表现出色，几年后就被提拔为自治区石油总公司的总经理了。

言归正传，我接着说说石油产品的分配工作吧。那时，县里每年的汽油、柴油、灯用煤油指标都由玉林地区商业局下达到县商业局。因为柴油和灯用煤油很紧缺，而且牵涉到农村千家万户的做饭和照明问题，所以局里高度重视，每当年度计划指标分配下来后，分管石油公司的副局长就会到我们股里来，与大家一起讨论各乡镇柴油、灯用煤油的分配方案，尽量做到平衡。柴油要能保证农民碾米的需要，让农民吃上饭；灯用煤油要供应到每家每户，解决照明问题。分配方案确定后，我就负责拟写文件，并与县供销社联合发文，把柴油和灯用煤油的具体指标下发到各乡镇供销社。

这就是计划经济年代里，我在行政单位业务员岗位上的经历。

仓库保管员和开票员

无惧伤害，坚守岗位

21世纪的中国，有中石油、中石化、中海油三大石油公司[①]，业内人士都把这三大公司称为“三桶油”。大致来说，

① 三大石油公司的全称分别是中国石油天然气集团有限公司、中国石油化工集团有限公司和中国海洋石油集团有限公司。

中石油的经营范围在北方，中石化在南方，中海油则在海上。广西石油分公司隶属中国石化销售股份有限公司，下辖14个地级分公司。说到石油公司，我们全家与它的缘分都不浅：我曾在中石化广西石油销售分公司任总经理，妹妹现在也在分公司工作，父亲当年则在最基层的县公司做过保管员和开票员，而且一直干到病退。父亲虽然没有做出什么大的贡献，但一直踏踏实实地工作，可以说是博白石油经营的开路人。

父亲是50年代后期参加工作的，刚开始在博白县供销社的农产站工作，后来调到县五金公司当仓库保管员。60年代中后期，县里还没有石油公司，石油产品的经营业务都由五金公司负责，仓库设在现在文化路五金公司宿舍的位置，与当时的商业局汽车队在同一个大院。那时候，石油产品并不多，五金公司只经营汽油、柴油、煤油和润滑油，加之当时汽车、农用机械少，油的销量也不大，所以仓库里只有几个小油罐，其他都是化工产品。

五金公司的仓库有两座，都是平层的，面积有五六百平方米。仓库旁边有几间房子，一间用作保管员的值班室，有两间用来住宿。那时父亲每天工作和住宿都在那里，化工产品和石油散发的气体不仅难闻，还对身体健康有影响，但父亲完全不在意，总是默默地工作，尽职尽责。父亲的工作很忙，既要管理石油产品，又要管理化工产品。后来他得了哮喘病，每到冬天就发作，但他从未提出过调换工作、改变环境的要求，依然坚守岗位。

到了70年代初，随着县里汽车和农用机械的增多，石油产品的使用量也跟着上升，原来仓库里的几个小油罐已不能满足市场的需求。于是，五金公司就在城东水库的东面，也就是白鸽冲的山中新建了一个石油仓库，面积扩大了几十倍，有将近10个大油罐，还配套建了一栋专放53加仑铁桶的仓库，以及一栋员工宿舍。这个仓库就是现在的县石油公司的仓库。仓库建好后，父亲就到那里上班和居住了，但岗位改成了开票员。父亲开票的对象主要是各乡镇供销社和各单位的用油户。由于每天到仓库来买油的人和提油的车都增多了，所以仓库的工作人员也由原来的两人增加到五六人，但都是单职工，上班各干各的活，下班各煮各的饭。

我上小学后，假期偶尔也跟着父亲到仓库住过，记忆深刻。在仓库里工作和生活，不但要忍受刺鼻的气味，还要忍受寂寞的夜晚。当时从仓库到县城走的还不是王力中学那条路，而是城厢公社往径口方向的路，有四五公里，途经几个山头，而且路边没有房屋，也没有路灯，很偏僻，很阴森。如果晚上想到县城看看电影、逛逛商场，回仓库的路上得壮着胆子才行。记得我每次到父亲那里住，他下班后都会带我到县城看看热闹。虽然县城好玩好看，但我最怕的就是回去时经过的那几个山头和那条路，没有路灯，没有行人，加之坟头又多，真叫人胆战心惊！

1976年，父亲因病提前退休了。他退休时，县里成立了石油公司，石油产品的经营业务就从五金公司划到了石油公司，而石油公司则归商业局管理。父亲半辈子都在与石油打交道，不想退休后，退休金却由不再经营石油的五金公司发放，这结局还挺富戏剧性的，也多少折射出了时代变化之快。

单位食堂的炊事员

不是大厨，胜似大厨

俗话说："人是铁，饭是钢。"一个人不管身体再怎么强壮，一天不吃饭就没有力气，而七八十年代的单身汉要吃饭，就离不开一个地方——食堂。我工作了40多年，吃过的酒店和饭馆不少，但最让我记忆深刻的还是七八十年代的两个单位食堂，一个是家乡博白县五金公司的食堂，另一个是县商业局的食堂，都是我吃了一年以上的食堂。尤其让我难忘的是第一个食堂，它承载着我参加工作后、成家之前的关于“吃”的记忆。

我在县五金公司食堂的“用餐时间”是1976年12月至1978年8月。那时候不论单位大小，都有食堂，当然县委、县政府除外，那里几十个单位同在一个大院办公、住宿，所以只设一个大食堂。我所在的县五金公司虽然不大，但也设有一个食堂。食堂在派出所的旁边，面积有200平方米左右。吃饭的大厅里摆有几张四方木台，配有一些木质长凳；墙上挂有一块黑板，专门用来公布下一餐的菜单；黑板旁边挂有开饭人名字的小牌，需要开饭的职工都得在吃完一餐后挂好下一餐的“开饭名牌”，不挂牌就等于停餐。大厅后面是厨房，有一个烧木柴的灶台，灶上安有两个大铁镬，一个用于炒菜，另一个用于蒸饭。灶台靠墙的两面有两块切菜和分菜的石板，后面有一个热水池，池下面有个放热水的龙头。热水池里的热水是利用灶台的余热加热的，开饭的职工可以用这些热水来洗澡，那时吃饭大厅外面还建有几个洗澡间。

当时食堂只有两个工作人员，一个是公司兼食堂的总务，另一个是炊事员。总务既要管理公司职工的户口簿和粮本，也要管理食堂的米面采购、饭票出售等事务。炊事员名叫傅汝林，平时除了煮饭、炒菜、分菜，还要负责肉、菜的采购，以及劈柴、洗碗、洗菜、打扫食堂卫生等工作。那时在食堂开饭的职工有十五六个，都是一些未婚的同志或是爱人在农村的单职工。虽然食堂不大，开饭的职工不多，单位也没有什么伙食补贴，但总务和炊事员都用心管理食堂，每月公布一次食堂的收支情况让大家监督，从不乱花钱，总能以最少的钱买回最新鲜的食材，照顾好大家的饮食。

那时在食堂开饭的职工，粮本都要交到总务那里，饭票也都在总务那里买。每张饭票2角钱，每餐只收一张饭票。早餐一般是白粥、肉粥、包子、油条，还有些咸菜。中餐和晚餐的米饭是4两，是用一个瓦做的饭盅蒸出来的。先把淘好的米放到盅里，加入水，然后拿到一个木制的蒸格里蒸，这样蒸出来的饭会比较香。菜每人能分到一小碟，荤菜只有一种肉，一般是炒猪肉、炒鸡肉、炒鸭肉片、蒸排骨、炆鱼等轮着吃，青菜也只有一两种。开饭时，吃饭大厅里还会摆上一大盆汤水，任大家自取。

炊事员傅汝林是我的邻居，和我住的房间只有一墙之隔，我们每天都能见面，十分熟悉。每次我下班到食堂用餐时，如果看到他忙不过来，也会帮帮他的忙。他虽不是大厨，但炒菜很有一手，他炒的鸭肉片是公认的金牌菜，但我最喜欢的还是他煎的豆腐。我看过他煎豆腐，用的是慢火，一点点地加油，一块块地翻面，操作细心，煎出来的豆腐块块完整，吃起来又香又嫩。那时我还年轻，胃口也好，但工作量大，食堂饭菜的油水又少，所以每餐都吃不饱。傅汝林知道后，只要遇到食堂有剩饭剩菜，总会拿回来给我做夜宵。直到现在我还常常回忆起这些往事。

行政单位的门卫

一人一门，安全使者

说起保安，老一辈的人都习惯叫他们门卫，基本上每个单位、每个小区都有，多的几十名，少的也有几名。他们日夜轮流值班，时时守着门口，守卫单位和小区的安全。

回想80年代初，我在博白县商业局工作的时候，局里也有一名门卫，年龄将近50岁，家住县城的北街口。他原来在食品公司仓库工作，因为责任心强、工作勤快，就被调到商业局做了门卫。当时商业局有一个大院，办公、住宿连为一体，只有一个大门进出，按照岗位编制，只能设一名门卫。因此，他除了吃饭时间可以回家1个多小时，其余时间都要在门卫室值班，守住大院唯一的大门。当然，午休时和晚上11点后，他可以把大门关上，在门卫室的床上休息。当时，行政单位的每个岗位职责都很明确，门卫不但要对外来人员进行登记，也要收发报纸、杂志和信件，还要负责大院的清扫，可以说是身兼数职，但他一点也不抱怨，总是默默地做事。

每天一大早，他就要起床把大门打开，然后把出入登记台摆到大门边上，再放上一本来访登记册。早上8点，他会拿一个手摇铃反复摇几次，提醒大家上班时间到了。8点半左右，等邮递员把报纸、杂志和信件送来后，他就按订阅的数量和单位、姓名分发到各股室和个人。平常的上班时间，他一般坐在大门口对进出的人员进行监督，有外来人员需要进入时，他就让他们先登记，之后给他们指路。到了下班时间，他也会摇铃提醒大家。

每天晚上11点，他都会把大门关上，然后回到门卫室睡觉。如果有人要进出，就必须叫醒他，让他出来开门。那时候，大院里住着上百号人，11点以后出入的人也有不少，比如发烧感冒上医院、外出会友晚归等，所以他经常是刚躺下就被人叫醒，一整晚下来，多的要起床十来次，少的也有好几次，几乎没有睡过一个完整的觉。夏天还好，冬天最是难熬，要从暖暖的被窝里爬起来走到天寒地冻的大门口，想想都难受。

记得80年代中后期，我搞第二职业，经常利用下班时间打理汽车货运事务，有时晚上十一二点才回单位宿舍，那个时候大门已经锁了。我虽不想叫醒门卫，但也没别的办法，只能狠下心来叫门。每次叫他开门时，他非但没有发脾气，还很客气地对我说：“回晚了。”我真的非常感动。

这些就是我对当年县商业局门卫的记忆，好人真是让人难以忘怀！

商业局副局长

武工队队长当局长

“武工队队长”相信大家都熟悉，《地雷战》《地道战》等抗战电影里都有这一形象，但要在现实生活中看到真正的武工队队长可不容易。我很幸运，80年代在家乡博白县的商业局工作时，认识了一位真正的武工队队长，他还恰巧是我的上司。借这个机会，我来说说与他相处时的一些往事，表达我对这位老革命的敬仰之情。

先说他的简历。他叫庞为雪，1927年4月出生，博白县菱角镇大龙村人，1945年1月参加工作，1945年2月加入中国共产党。1945年春参加桂东南抗日武装起义，任博白县民主抗日自卫军青年支队队员，后任西区地下工作组组长、松山地区武工队队长。博白解放之初任菱角乡乡长。1952年冬至1966年，任中共博白十一区委宣传委员，凤山中学校长，博白县政府文教科副科长、教育科副科长、文教党支部书记。1966年调任商业局副局长。“文革”中受迫害，粉碎“四人帮”后恢复工作，1980年再次任商业局副局长。1985年2月任县政府办公室督导员。1990年2月离休，离休时是处级干部，享受地厅级医疗待遇。他今年96岁，住在博白县城新码头路，身体依然康健。

1980年，我在商业局当打字员时，庞为雪刚恢复工作，被调到商业局任副局长，成了我的上级领导。他初到单位时，我就听说他是老革命，经历过很多曲折，有很坚强的革命意志，因此内心很敬佩他。到单位报到后不久，他就开始在单位里找宿舍，准备把家搬来。因为他的岳母年事已高，爬不了楼梯，所以他是想让岳母住在一楼的。当时我的打字室在一楼的尽头，门口还有一间小屋，很适合他岳母居住，但他又不好意思让我搬离。我知道他的想法后，对他说：“我可以搬到旁边的另一间房，影响不大。”他看我那么主动，于是就同意了。两三天后，我就腾出了打字室让他岳母住。

就这样，他全家人都搬来了商业局的大院居住，岳母住一楼，他住三楼。恰巧我也住在三楼，我住南面的尽头，他住在北面，我们共用一个楼梯，每天都能碰到好几次。那时候商业局是一个很重要的部门，所有计划内的商品都在商业局下属的公司里经营，没有能力和资历的干部是胜任不了局领导的职位的。但他每次见到我时，都没有什么官架子，也不打什么官腔，总是微笑着打招呼，就像普通百姓一样。

记得当时县商业局有干部职工共20人，其中党员16人。我刚到时还不是党员，但按规定打字员应该是党员的岗位，于是党组织就把我列为重点培养对象，指定政工股的两位干部做我的入党介绍人。他们经常找我散步谈心，帮助我提高认识。庞为雪也常常到我的打字室，与我讲述他过去做地下工作的故事。听了那些故事，我逐渐了解了中国共产党的奋斗史，大大提高了对党的认识。1980年12月，经过上级党组织批准，我加入了中国共产党。现在想起来，这与庞为雪的引导和帮助是分不开的。

入党后，每次局里开民主生活会我都参加，常常听到庞为雪在会上讲话。他原则性强，对事不对人，有时为了坚持原则，会与局长和其他副局长争论，直到大家统一认识为止。在我的印象中，他给我提的第一条意见，就是平时打印文件要节约用纸，这让我记忆很深，当时也立即改正了。

1984年年初，县里的党政机关纷纷响应上级号召，兴起了经商的热潮，商业局也不例外，办了一个贸易公司，从局长、副局长，到下面的干部职工，除了完成本职工作，每人都出点子、找门路、做生意，想方设法多赚些钱，改善局里的福利待遇。

那时局里一位曾在海南当过兵的同事，从当初所在部队的领导那里得到一条消息：海南某部队有一批小汽车出售，想购买的话就马上带钱过去。经局里研究决定，由我和那位曾在海南当过兵的同事，在银行办了100万元的自带信汇票，前去海南购进小汽车。出发前，庞为雪不放心，还专门嘱咐我们，到海南后如果遇到什么困难和问题，一定要找他那位在海南军区担任要职的堂弟。没想到我们刚到海南，就发现中央已下令全岛封海，找谁都没用，于是我们只好空手返回博白。

这一趟海南之行不但生意没做成，还要支付100万元借款的利息。让我感动的是，当时庞为雪不但没有责怪我们，还对我们说："生意做不成没关系，只要人和100万元安全回来就好！"到了1984年年底，中央下发文件，要求党政机关一律停止经商。此后我们单位走上正轨，一心一意做好本职工作。

后来，庞为雪因工作需要调到县政府办公室做了督导员。那时候他在商业局大院居住时用的厨房，在他离开之后就安排给我使用了。这也是我与他的一种缘分啊！